MW00940079

SERIE ∞ INFINITA

M

TheGrefg

Rescate en White Angel

The G-Squad

montena

El papel utilizado para la impresión de este libro ha sido fabricado a partir de madera procedente de bosques y plantaciones gestionadas con los más altos estándares ambientales, garantizando una explotación de los recursos sostenible con el medio ambiente y beneficiosa para las personas. Por este motivo, Greenpeace acredita que este libro cumple los requisitos ambientales y sociales necesarios para ser considerado un libro «amigo de los bosques». El proyecto «Libros amigos de los bosques» promueve la conservación y el uso sostenible de los bosques, en especial de los Bosques Primarios, los últimos bosques vírgenes del planeta.

Papel certificado por el Forest Stewardship Council®

Primera edición: marzo de 2017
Segunda edición: abril de 2017

© 2017, Sergio Parra
© 2017, Penguin Random House Grupo Editorial, S. A. U.
Travessera de Gràcia, 47-49. 08021 Barcelona
© 2017, Jonatan Cantero, por las ilustraciones

Penguin Random House Grupo Editorial apoya la protección del *copyright*.
El *copyright* estimula la creatividad, defiende la diversidad en el ámbito de las ideas y el conocimiento, promueve la libre expresión y favorece una cultura viva. Gracias por comprar una edición autorizada de este libro y por respetar las leyes del *copyright* al no reproducir, escanear ni distribuir ninguna parte de esta obra por ningún medio sin permiso. Al hacerlo está respaldando a los autores y permitiendo que PRHGE continúe publicando libros para todos los lectores.
Diríjase a CEDRO (Centro Español de Derechos Reprográficos, http://www.cedro.org) si necesita fotocopiar o escanear algún fragmento de esta obra.

Printed in Spain – Impreso en España

ISBN: 978-84-9043-732-2
Depósito legal: B-19.715-2016

Compuesto en La Nueva Edimac, S. L.
Impreso en Cayfosa
Santa Perpètua de Mogoda (Barcelona)

GT37322

Penguin
Random House
Grupo Editorial

#1

Tu invierno es una broma

Oymyakon, República de Sajá-Yakutia, Rusia.
Hora local: 07.15 a.m.

Los reclutas John Falcon, Karen Chow, Apon Drake, Joseph «Byte» Bishop y Diego Ricco sintieron escalofríos en la oscuridad incluso antes de que se abrieran las compuertas del *Hércules C-130* de la Fuerza Área. Especialmente Apon Drake, acostumbrado como estaba a las cálidas temperaturas de las playas de Malibú. Porque hacía frío. Más frío del que hace en Murcia una noche de invierno cerrada.

Pero el estremecimiento también estaba provocado por el miedo: era la primera vez que aquellos cinco novatos llevaban a cabo una misión de campo. Era un simulacro, un entrenamiento y las armas eran de fogueo… sin embargo, el peligro de sufrir era real. Cabía la posibilidad de que se congelaran allá abajo, pues decían que Oymyakon era el pueblo más frío de la Tierra.

Treinta minutos para la hora D.

Las compuertas del enorme avión *Hércules* se abrieron lentamente, dejando entrar un vendaval de finas partículas de hielo que empezaron a revolotear alrededor de los cinco reclutas. La temperatura bajó diez grados más en pocos segundos. Los rotores y los turborreactores de los aviones, en semejantes condiciones climatológicas, debían llevar sistemas de calefacción eléctrica para continuar funcionando.

En sus cascos sonó la voz del sargento Hicks:

—¡Escuadra! Estáis a punto de descender sobre el culo del mundo a una temperatura capaz de congelar el infierno. No abriréis los paracaídas hasta los seiscientos metros. Luego avanzad en formación Alfa. Recordad que esta maniobra es un simulacro, pero es lo más real a lo que os habréis enfrentado nunca. La misión es incursionar en White Angel. Nada de alarmas. Recogidas de fuego rojo a los cuarenta minutos. Después evacuad las instalaciones y efectuad la llamada de recogida. Esto solo es una incursión, no una batalla, así que no malgastéis munición. Cuarenta segundos para el salto. ¿Alguna pregunta?

Byte pensó que aquello no iba a ser como los simuladores, tampoco como los gameplays que tanto le relajaban después del duro entrenamiento en la academia militar. Aquello se parecía cada vez más a la pura realidad. Pero no iba a hacer esa reflexión en voz alta, claro.

—¡Señor, no, señor! —respondieron al unísono aquellos reclutas novatos tratando de no tiritar de frío y de miedo.

Una luz roja iluminó el interior del *Hércules* y, por primera vez en los últimos cinco minutos, los reclutas pudieron distinguir sus caras parcialmente ocultas tras el visor del casco. Un zumbido anunciaba el lanzamiento en diez segundos. El rugido del viento ahogaba la respiración jadeante de los reclutas. Se acercaba la hora.

—¡Ahora! ¡Ya, ya, ya! —vociferó Hicks en sus oídos—. ¡Buena suerte, la vais a necesitar!

Como impulsados por un resorte, los cinco reclutas fueron saltando ordenadamente hacia el vacío. El frío gélido golpeó sus cuerpos que, a pesar de estar perfectamente protegidos por los trajes termoeléctricos de combate fabricados por la Armada, les llegó muy adentro.

Apenas podían respirar en aquella caída libre a más de ciento cincuenta kilómetros por hora, como proyectiles humanos, atravesando las partículas de hielo que se estrellaban repiqueteando contra sus trajes y sus cascos. En los descensos en terreno de combate hay que alcanzar la velocidad terminal para evitar el fuego de artillería. No importaba que aquello fuera solo un entrenamiento, debían comportarse como si la incursión fuese real.

Un soldado de infantería solo puede combatir si se halla en la zona correcta y, en ese caso, la única forma de conseguirlo era lanzándose al vacío.

9

Tres mil metros y cayendo.

Un mal descenso puede provocar que la escuadra quede demasiado desperdigada y tarde mucho tiempo en reagruparse.

Dos mil quinientos metros. Gasss.

Así que, durante el descenso, la escuadra debe mantenerse lo más unida posible, como acróbatas de circo interpretando un número de caída libre. Como un mod que se adapta a la perfección al código original, sin fisuras, pensó Falcon.

Dos mil metros. ¡Madre mía, qué frío!

El frío empezaba a ser insoportable. Si no alcanzaban pronto la superficie, quizá llegarían convertidos en estalactitas.

Mil quinientos metros. Vámonos, tío.

La caída debe guardar un vector lateral próximo a cero para alcanzar la velocidad terminal lo antes posible y evitar ser interceptado en el aire.

Mil metros. Dame más mierda, si puedes.

—¡Abrid los paracaídas, chicos! —sonó la voz de Hicks en sus oídos.

Si te dejas dominar por el pánico tiendes a abrir el paracaídas demasiado pronto, con lo que te conviertes en un blanco demasiado fácil. Pero si te distraes, entonces el paracaídas se abre demasiado tarde y lo más probable es que te rompas los tobillos al impactar contra el suelo. Lo que se llama un *fail* en toda regla.

Un buen tirón del paracaídas hizo que sus cuerpos se tambalearan y estremecieran como marionetas. Aquella sacudida brusca permitió desentumecer un poco sus articulaciones parcialmente congeladas por aquel frío. Si alguna vez hubo un buen momento para decir «no siento las piernas», era este.

Aterrizaron los cinco junto a la ribera de un río congelado. Se desprendieron de los paracaídas y empezaron a trotar en formación de a dos hacia las instalaciones de White Angel. Por un segundo, John Falcon pensó que la Navidad se había adelantado.

Nadie es capaz de describir el frío hasta que se encuentra a -45 grados. Solo si has nadado en un lago congelado sabes lo que es. La nevera que todos tenemos en la cocina no es capaz de alcanzar ni siquiera la mitad de esa temperatura. A esa temperatura, tu vejiga se convierte en un gin-tonic.

No obstante, cuando Oymyakon se encuentra a -45 grados, en el parte meteorológico suelen decir alegremente que no hace demasiado frío. Porque Oymyakon, un pueblo ruso ubicado a siete mil kilómetros de Moscú, en la república de Yakutia, es la ciudad más fría de la Tierra: en 1926 llegó a alcanzar una temperatura de -72,1 grados. Aquí el invierno dura nueve meses y los frigoríficos solo sirven para mantener la comida algo menos fría de lo que estaría a temperatura ambiente. Si se lanza un cubo de agua, se convertirá en hielo antes de tocar el suelo. Y, sin embargo, en este pueblo viven más de dos mil personas.

—Vamos a convertirnos en helados de limón —rezongó Falcon, sin dejar de jadear, mientras se creaban espectros de vaho frente a su boca.

Los cinco reclutas trotaban impulsados por el miedo y la adrenalina que corría por sus venas, mientras la entrada trasera de White Angel, la división rusa de desarrollo de armamento avanzado, estaba cada vez más cerca. La misión era sencilla: entrar sin ser detectados, obtener el testigo (una simple bengala que deberían prender al finalizar la misión) y regresar a la pista de aterrizaje para volver a casa. Solo era una hora de frío. Pero aquel frío era tan intenso que parecía que iba a durar siempre.

No había ningún riesgo porque las armas solo llevaban cargadores de fogueo. El único peligro era congelarse. O caerse y romperse algún hueso. O quedar en ridículo como la escuadra más incompetente de la historia del ejército de Estados Unidos.

—No te pares, helado de limón —espetó Karen mientras marchaba tras Falcon.

Los cinco reclutas dejaban tras de sí pisadas sobre la nieve que no tardaban en ser borradas por la ventisca. Ninguno de ellos había entrado en combate, pero habían sido seleccionados para aquella prueba de campo por sus habilidades por encima de la media.

Eso incluía al recluta Diego Ricco, que cada diez pasos miraba a las alturas, seguramente para distinguir el *Hér-*

cules, donde le esperaba su fiel perro Sting. Había luchado para que Sting y él fueran una unidad indivisible de su instrucción, el equipo perfecto, pero en esta ocasión no era apropiado que accediera a aquel complejo. Hacía demasiado frío para aquel pastor alemán, que además prefería buscar bombas o minas enterradas antes que someterse a los estrépitos de las armas de fuego. Ricco, como el resto de sus compañeros, estaba temblando, sin duda de frío y tal vez de miedo.

—¿Echas de menos a tu perrete? —Ese era Apon Drake, que podía ser realmente un grano en el culo cuando le daba por ser gracioso. Pero, bajo esa enorme capa de músculos, realmente tenía un sexto sentido para adivinar lo que uno estaba pensando.

—Mi perro y yo formamos un equipo; él encuentra las bombas y yo le doy galletas. Lo probamos al revés, pero no funcionó —dijo Ricco recurriendo al sentido del humor para esconder su miedo.

White Angel tenía el aspecto de un gigantesco trapezoide de color blancuzco, por lo que estaba casi difuminado en aquel amplio terreno nevado circundado por miles de abetos del tamaño de casas familiares. Parecía un centro comercial; el más grande que hubieran visitado jamás. De hecho, la comparación con un centro comercial era muy acertada, porque allí se diseñaban, fabricaban y vendían algunas de las más sofisticadas armas experimentales y prototipos del

planeta. Lo único que distorsionaba las líneas rectas y sobrias del edificio era una gran antena parabólica situada en el techo y que apuntaba en dirección ascendente.

La puerta emitió un ligero siseo que quedó eclipsado por el tronar de la ventisca de nieve. Las esquirlas de hielo volaban alocadas alrededor de los cinco reclutas, perturbándoles la visión y agrediendo las pocas zonas de piel desnuda que quedaban fuera del resguardo de la ropa.

Los cinco cruzaron el umbral de la puerta, uno a uno, y se arremolinaron en la pequeña sala oscura. La puerta se cerró tras ellos y, de repente, aquel infierno meteorológico se apagó. Ya no había ruido atronador, ni frío gélido. Podían abrir sus capuchas y hablar entre ellos sin sentir a cada momento que el aliento se les congelaba en la garganta.

—Empiezo a echar de menos las olas de Malibú —musitó Apon Drake agitando su cuerpo, propio de un culturista, lo que provocó que se desprendieran placas de hielo de él. Drake se había criado en la costa Oeste, en Los Ángeles, y casi toda su vida había estado subido a una tabla de surf, así que aquel lugar se le antojaba lo más parecido a un infierno blanco.

Los cinco activaron los pequeños reflectores de xenón situados en un lateral de sus cascos de combate, iluminando de pronto aquella sala de apenas cuarenta metros cuadrados, una especie de almacén donde se guardaba ropa y equipo. Un momento, pensó Ricco, ¿nos han desplegado en el armario de las fregonas?

Las cámaras de fibra óptica de 360° instaladas en la parte superior del casco habían empezado a funcionar desde el momento en que tomaron tierra. Todos ellos, pues, estaban registrando en vídeo aquella incursión en White Angel. Allí donde giraran la cabeza, era donde la cámara grababa, de modo que el vídeo final se parecía mucho a un videojuego de guerra, uno de FPS o *First Person Shooter* a los que era adicto el recluta Byte.

—Esto no es un juego, hermano —le dijo Falcon dándole un codazo en las costillas cuando le descubrió enfocando con la cámara diversos detalles de aquella estancia.

—Entonces ¿qué haces aquí, Falcon? —le replicó Karen abriendo la marcha hacia la siguiente puerta de acceso.

A pesar de que todos bromeaban, en realidad estaban aterrados. Oymyakon era el lugar más hostil para la vida al que habían viajado jamás, el complejo White Angel era una ratonera de alta tecnología llena de trampas salidas de la maquiavélica imaginación de su fundador y CEO, Nathan Oldenmeyer... y todos en el cuartel iban a tener acceso a sus vídeos personales, es decir, que todas sus debilidades iban a quedar al descubierto.

Era cierto que las armas eran de fogueo y que no había un alto riesgo de sufrir daños serios, pero sí podían ser víctimas de algo peor: las burlas de otros reclutas. Quienes han estado alguna vez en un cuartel militar saben que eso duele mucho más que un tobillo magullado o incluso que un tiro en el hombro. Además, no hay nada peor que ser escogido como uno de los cinco mejores de una unidad para que el resto de los reclutas estén deseando que cometas un error.

Una pantalla LCD instalada en una de las paredes de aquella dependencia cobró vida y empezó a emitir un vídeo grabado en el que aparecía la figura de Nathan Oldenmeyer, elegantemente vestido con un traje negro. Debía de tener unos cincuenta y cinco años y mostraba ya unas pronunciadas entradas en el pelo, que siempre peinaba pulcramente hacia atrás con gomina. Sus ojos azules irradiaban gran inteligencia, y algunos decían que tenía un cociente intelectual de 180 o incluso más. Sin embargo, no era demasiado alto, así que las malas lenguas le habían adjudicado malévolamente un principio de síndrome de Napoleón.

Mientras hablaba mirando a cámara, avanzaba por una mesa que proyectaba una holografía del complejo White Angel:

—Bienvenidos a White Angel, caballeros, la demostración palpable de una de mis frases favoritas: «Si puede imaginarse, puede hacerse». Mi nombre es Nathan Oldenmeyer. Se encuentran ustedes en el antiguo cuartel general del Mando Norteamericano de Defensa Aeroespacial, NORAD, antes de que fuera trasladado a Cheyenne, Colorado. Su misión se circunscribirá al área interna. Todo el complejo está protegido por paredes exteriores de titanio de un metro de espesor. White Angel dispone de un subterráneo con quince niveles. A partir del nivel cinco, los niveles de confinamiento están preparados para soportar el impacto directo de un misil termonuclear. Cada nivel puede sellarse de forma independiente en caso de ataque bacteriológico. Un sistema de transporte por raíles parte del hangar principal hacia...

Los cinco preparaban su equipo para entrar en acción, mientras Nathan Oldenmeyer continuaba describiendo los detalles de White Angel como si estuviera haciendo un unboxing. Les quedaban cincuenta y ocho minutos para tomar el testigo. Sus trajes alimentados por energía eléctrica vibraron. Y sus auriculares crepitaron justo antes de que de ellos brotara la voz del sargento Hicks, que les hablaba desde el interior del *Hércules*:

—Bien, no tenemos tiempo para presentaciones. Voy a estar mirando lo que hacéis desde aquí. El que la cague se pasará las próximas dos semanas limpiando letrinas. Apon, despierta y quítale el seguro a tu arma.

Y, justo entonces, los auriculares enmudecieron y las alarmas empezaron a ulular por todo el complejo. El vídeo en que se reproducía la presentación se había detenido y Nathan Oldenmeyer permanecía inmóvil, congelado en mitad de un gesto. ¿Habían sido descubiertos? ¿Serían el hazmerreír de la tropa como si estuvieran haciendo un *make it rain*?

Sin embargo, los cinco no iban a tardar en descubrir que lo que les esperaba era mucho, mucho peor.

#2

BIENVENIDOS A WHITE ANGEL

White Angel, nivel 0.
Hora local: 08.04 a.m.

—¿Qué es ese ruido? —preguntó entre dientes Karen Chow, cuyo sentido del oído estaba más desarrollado de lo habitual.

—Suena a que tienes miedo —aprovechó Falcon para desquitarse de la broma que anteriormente le había gastado a él.

—Yo no oigo nada —dijo Ricco—. Sargento Hicks, ¿nos oye?

Pero la radio había enmudecido. De hecho, cualquier comunicación con el exterior parecía haberse cortado. Karen cerró los ojos un segundo y los volvió a abrir.

—¿Ya nos han descubierto? —exclamó Falcon imaginándose la cara que pondría su hermano ahora que, por fin, empezaba a destacar como un recluta menos patoso de lo que creía toda su familia. Falcon había sido sargento, y algunos rumoreaban que ese ascenso lo había obtenido gracias a su hermano, el teniente David Falcon.

—Parecen disparos. —Ahora Ricco lo había oído a la perfección.

—Son armas automáticas —sentenció Karen—, y no suenan como las que nos describían en los detalles técnicos de la misión.

—Espera... espera... —la interrumpió Falcon—. ¿Estás diciendo lo que creo que estás diciendo?

—Y ¿qué crees que estoy diciendo? —Karen se apostó en la segunda puerta, a punto de introducir el segundo código de acceso.

—Que esto podría ser real.

Karen introdujo el código, la puerta presurizada siseó y se desplazó a un lado permitiendo que todos pudieran oír el tableteo remoto de armas automáticas.

—Continuemos como si fuera un simulacro —ordenó Karen encabezando la escuadra—, no sabemos si esto es una prueba.

Los cinco trotaron a buen ritmo a través de un largo pasillo parcialmente iluminado gracias a la energía de emergencia. Tanto a derecha como a izquierda iban dejando atrás oficinas acristaladas. Sin embargo, allí no había nadie. ¿Era demasiado temprano? ¿Habían evacuado al personal civil para facilitar aquel entrenamiento? ¿O era algo peor?

Después de recorrer cien metros, girar un recodo hacia la derecha, y recorrer otros veinte metros, el pasillo se ensanchó hasta dejar al descubierto un gigantesco hangar. Era una estancia de tamaño descomunal. Allí dentro se podrían haber alojado un par de catedrales y aún hubiera sobrado espacio. Pero, en vez de eso, había dos niveles superiores de pasarelas metálicas, un muelle de carga y descarga de vehículos terrestres y un montacargas en el que descansaban dos helicópteros *Blackbird* con sus rotores y pilones de cola retraídos, así como un avión de transporte MM1. En los laterales había palés de carga que sostenían diversas cajas de suministros. Era un escenario perfecto para una prueba de nivel 2. Claro que era perfecto. Tan perfecto que no tenía que imitar a nada. Era real.

Ahora sí que eran inconfundibles los disparos. Se oían por todas partes, y el estrépito surgía de las entradas a otros pasillos que comunicaban con diferentes pabellones de White Angel.

No tenía sentido.

—No es por crear mal rollo, pero esto es un ataque real —susurró Byte.

Todos le miraron de reojo, aún incrédulos. Era demasiada casualidad que justo en ese momento, cuando estaban efectuando maniobras en una de las zonas más remotas e inhóspitas del planeta, alguien hubiera decidido irrumpir en White Angel.

—Tiene que ser parte del simulacro —repetía John Falcon, entre otras cosas para calmar sus propios nervios.

—Si Sting estuviera aquí, creo que nos diría que esto huele muy mal —dijo Diego Ricco aferrándose con más fuerza a su fusil de asalto.

— Y tu perro tendría buen olfato —apostilló Apon Drake— porque esto apesta.

Drake bromeaba, pero sus enormes músculos estaban más tensos que de costumbre, sobre todo sus poderosos bíceps. Drake era de pocas palabras, pero su musculatura, que a menudo recordaba a sus compañeros a la de Arnold Schwarzenegger en sus mejores tiempos, hablaba por él. Drake hablaba menos que Terminator, pero todos estaban seguros de que podía ser incluso más letal que él.

De repente, unas puertas situadas al otro lado del hangar se abrieron y, a través de ellas, apareció un pelotón de asalto fuertemente armado, cuyos miembros iban vestidos con ropa de combate negra. El soldado que encabezaba el pelotón tenía la inconfundible figura de una mujer, porque su uniforme oscuro se le ceñía como una segunda piel. También llevaba la melena negra al viento. Y colgado de un cinto, un fusil de asalto M-90. A pesar de la distancia, distinguieron que daba las órdenes en ruso.

Los cinco reclutas retrocedieron. Cada vez estaban más seguros de que aquello era una invasión de verdad. ¿Un ataque terrorista?

—Rodeemos el hangar, como si continuáramos en nuestra misión —sugirió Falcon, sin ningunas ganas de enfrentarse a soldados de verdad provistos de armas de verdad. Todos estuvieron de acuerdo en que era la mejor idea.

Abandonaron ese sector, en el que enseguida se verían reducidos si sufrían una emboscada, recorrieron el área de telecomunicaciones y una zona con dependencias privadas para el personal civil. Todo estaba desierto, como si ya hiciera rato que White Angel hubiera sido atacado y todos hubiesen optado por esconderse o huir.

—Señor, ¿me recibe? Aquí Falcon —insistió el recluta a través de su auricular.

—La radio está muerta —señaló Byte—. Tampoco tengo respuesta de Control de Misión.

—¿Estamos aislados? —Ricco no pudo disimular un temblor en su voz.

—Yo no lo habría descrito mejor —respondió Byte.

Las comunicaciones con el exterior eran imposibles. Parecía que alguien había usado alguna clase de inhibidor de frecuencia de gran potencia. Control de Misión, en Estados Unidos, estaba ciego, mudo y sordo y ya no podían recibir asistencia externa. Era oficial: tenían un problemón.

A lo lejos se oyeron unas explosiones y el suelo y las paredes vibraron ligeramente. Los cinco reclutas se detuvieron. Aquello era mucho más serio de lo que creían. Karen Chow fue la primera en reaccionar y les hizo un gesto para que la siguieran. Dobló por un pasillo en el que había una larga hilera de casilleros acristalados.

A Karen le pareció ver algo con el rabillo del ojo en uno de los pasillos, se agachó y les indicó por gestos que echaran el cuerpo a tierra.

De todos ellos, el que había demostrado ser más flexible y rápido en las pruebas físicas era Diego Ricco. Aquel mexicano se había criado con su padre en la selva Lacandona, también llamada Desierto de la Soledad, en Chiapas. Allí se había relacionado con las comunidades indígenas de los chiles y los tzeltales, quienes le habían enseñado a escalar árboles y cazar animales con armas fabricadas por él mismo. Así que Karen le tocó el hombro y le indicó que se desplazara hasta la siguiente línea de tabiques de pladur, detrás de las mesas de oficinas y ordenadores.

Karen se asomó una fracción de segundo por encima de la mesa que les protegía y le hizo el gesto con la mano que significaba «todo despejado». Diego avanzó de cuclillas a gran velocidad. En aquel ambiente de mobiliario blanco y luces halógenas, las líneas negras perpendiculares que había pintado sobre su cara, como si fuera una cebra, no resultaban ser un buen camuflaje. No había sido una buena idea.

En ese momento, en el recodo del pasillo, aparecieron dos hombres ataviados completamente de negro. Unos pasamontañas cubrían sus rostros, pero seguramente tenían cara de pocos amigos. Avanzaban rápida pero silenciosamente, con las rodillas ligeramente flexionadas, como dos zorros a punto de lanzarse sobre un puñado de liebres indefensas.

Los dos terroristas se aproximaban a ellos y, en menos de diez segundos, les habrían interceptado. No tenían munición real para defenderse, pero eso era algo que supuestamente aquellos hombres desconocían. Karen levantó por encima de su cabeza su fusil de asalto, mirando a los ojos a Falcon, Drake y Byte. Los tres se dieron cuenta de lo que quería hacer. Apretaron los gatillos y los cuatro fusiles empezaron a vomitar munición de fogueo.

Ambos terroristas saltaron lateralmente para protegerse de la andanada de disparos y rodaron hacia el interior de una de las oficinas, justo a la que había accedido Ricco por otra entrada.

Se agotó la munición de fogueo de los fusiles y se hizo un silencio sepulcral. Oyeron a lo lejos algunas maldiciones en ruso y cómo amarilleaban sus subfusiles MP-5 para devolver el fuego. Todavía debían creer que sus disparos habían sido reales, pero el problema es que no lo eran. Ahora estaban a merced de aquellos terroristas y sus armas que mataban de verdad.

Los terroristas empezaron a disparar ráfagas alrededor de la mesa de la que había procedido el ataque. La mesa se llenó de agujeros, saltaron por los aires un par de monitores y reventó una cajonera. Si Karen no se había equivocado, pronto cesaría aquella ofensiva.

Y no lo había hecho. Justo después se oyeron unos chasquidos, unos golpes sordos y un quejumbroso grito de dolor. Karen se asomó por encima de la mesa y distinguió a Diego Ricco saliendo de la oficina donde se habían refugiado los dos terroristas. Ahora, entre las manos, portaba sus dos subfusiles MP-5.

—Bien, bien, bien —jadeó Falcon incorporándose y dirigiéndose hacia Ricco—. El ataque sorpresa es el mejor ataque. Gracias a Dios que eres más silencioso que un gato, Ricco.

Ahora no cabía duda de que estaban en medio de un ataque terrorista. Que las armas eran reales. Que los agujeros de bala dejados en el mobiliario de oficina eran reales. Que podían morir de verdad. Y que estaban en un gran aprieto: solo eran cinco reclutas novatos en un centro de desarrollo militar gigantesco tomado por un grupo indeterminado de terroristas bien entrenados. Y, por si todo eso no fuera suficiente, tampoco había forma de establecer comunicación con el exterior.

A pesar de que habían salido ilesos de aquel primer encontronazo, su suerte no iba a durar mucho más.

—Si el sargento Hicks pudiera darnos órdenes, estoy segura de que diría que nos largáramos «cagando leches» —aventuró Karen.

—Amén. —Falcon no podía estar más de acuerdo con Karen, y le estaba echando un buen vistazo al tiempo que admiraba el arrojo que estaba demostrando en una situación

difícil cuando algo interrumpió su pensamiento—. ¿Qué haces, Byte?

Byte estaba rebuscando en uno de los cadáveres de los terroristas abatidos.

—Deberíamos registrar sus cuerpos, para ver si tienen algo que pueda sernos útil.

—No es mala idea —señaló Karen y se echó al suelo con él, para encargarse del otro cadáver.

Registraron los cuerpos inertes de los dos terroristas y requisaron todas las armas que portaban: además de los dos subfusiles, llevaban cargadores, un par de granadas, cuchillos y dos pistolas semiautomáticas Glock.380 ACP. Se las repartieron más o menos equitativamente, si bien Karen prefirió seguir desarmada porque siempre había creído que sus manos eran su mejor instrumento de defensa.

—Y ¿ahora qué? —bufó Falcon. Oyeron gritos procedentes del pasillo por el que habían venido. Karen miró a Falcon levantando las cejas—. Vale, queda claro que no podemos retroceder, vayamos adelante.

Los cinco se apresuraron por el pasillo, intentando recordar todo lo que habían aprendido en la academia. No tenían experiencia real, pero aquellos pasillos infestados de terroristas se parecían bastante a los que se pueden encontrar en un videojuego tipo FPS, a los que Byte había dedicado tantas horas.

White Angel era demasiado grande para que un grupo de terroristas pudiera controlarlo por entero. Solo debían continuar adelante y huir de todos los lugares donde se oyeran órdenes en ruso, botas pisando el suelo o armas amartillándose. Sobre el papel parecía fácil, pero los cinco estaban temblando de miedo: las posibilidades de salir de allí con vida eran ínfimas.

Cuando llegaron a una sala circular de la que partían radialmente diversos pasillos, todos dudaron qué camino tomar. Se quedaron unos segundos quietos, tratando de descifrar los ruidos lejanos que les llegaban, acaso para discernir qué ruta tenía una menor probabilidad de albergar terroristas. Sin embargo, el palpitar del corazón les atronaba en los oídos y, salvo Karen, los demás solo oían peligro en todas las direcciones.

Y, de repente, de uno de los pasillos emergieron cuatro terroristas como fantasmas tenebrosos disparando sus subfusiles. Los cinco empezaron a correr por el primer pasillo que pudieron, huyendo de la lluvia de balas. Los proyectiles golpeaban las paredes, el suelo y el techo, desprendiendo esquirlas de mampostería, de cristal o de metal, en función del material que agredieran.

—No vamos a salir de esta —gritó Apon Drake, algo más rezagado que el resto: su cuerpo tenía el tamaño de un buey, y por lo tanto era el que menos velocidad podía alcanzar con sus piernas.

—Eso díselo a estos dos genios —replicó Falcon sin dejar de correr y girando su subfusil alrededor de la cadera para disparar detrás de él y contener al grupo de soldados que les perseguía—, la fantástica idea de meternos aquí dentro ha sido de ella.

—Deja de hablar, Falcon, y corre —contestó Karen que, junto a Diego, eran los que iban por delante.

—Dios, ¿se puede saber qué hacemos en este maldito sitio...?

—¡Por aquí, chicos, por aquí! —vociferó Byte señalando una bifurcación que terminaba en lo que parecía la puerta de un ascensor. Su voz había sonado lo suficientemente autoritaria como para que toda la escuadra le siguiera como si él fuera el sargento Hicks.

Joseph «Byte» Bishop había jugado más de mil horas a videojuegos de guerra tipo *Call of Duty*, así que intuía que un ascensor siempre era una buena noticia. Era como cambiar de nivel. De modo que, al alcanzar la puerta del elevador, pulsó el botón. No pasó nada. Sus cuatro compañeros llegaron hasta él, resoplando tras aquella carrera.

—¿Y ahora qué, genio? —le increpó Falcon—. ¿Esperamos a que termine *El ataque de los clones rusos*? No quiero hacer un spoiler, pero me han dicho que la segunda parte es todavía peor.

En ese momento la puerta del ascensor se abrió lateralmente. Las botas de los terroristas se oían cada vez más cerca, así que los cinco entraron en el interior del montacargas como impulsados por un resorte. Aquella caja elevadora podía ser su salvación o su condena... si no se movía de allí.

Byte apretó todos los botones al tuntún, porque cualquier sitio era mejor que ese. Las puertas del ascensor se cerraron justo cuando al final del pasillo apareció un terrorista como todos los que habían visto hasta el momento, perfectamente clónico, vaciando su subfusil contra la puerta. Los impactos sonaron sordos al otro lado. Ventajas de viajar en un ascensor de un complejo donde se desarrollan armas experimentales: estaba blindado.

El ascensor empezó a descender hacia las entrañas de White Angel: nivel -1, nivel -2, nivel -3...

Por una vez en su vida, Byte no se estaba alegrando de pasar pantalla.

Los números iban desfilando electrónicamente por el panel indicador del ascensor.

-6, -7, -8, -9, -10, -11, -12, -13, -14...

#3

NIVEL -15

Ya eran las tantas de la madrugada cuando Grefg superó, al fin, aquella fase secreta del *Call of Duty Black Ops 3*. Llevaba más de una hora muriendo una y otra vez por culpa de algún campero que se había refugiado en aquella torre en mitad de la nieve. El ejército ruso permanecía perfectamente camuflado entre la nieve porque sus uniformes eran blancos. Era como tratar de dar al blanco a una mancha blanca en una pared blanca.

—Tío, ¡por fin!

Un sonido crepitó al otro lado del micrófono.

—¿Qué? —dijo AlphaSniper con un hilo de voz.

—Alpha, ¿estabas durmiendo?

—Eh... no, no, ¿otra vez te han matado?

—No me lo puedo creer. ¡Estabas durmiendo! Acabo de pasarme la pantalla secreta.

—¿En serio? ¿La del comando terrorista ruso?

Grefg suspiró.

—¿Cuánto llevas durmiendo? Lo de los rusos fue la anterior.

—Vale, me has pillado, pero ¿has visto qué hora es?, ¿es que no duermes nunca?

Grefg empezó a salir del juego, desconectando la grabación del vídeo que más tarde iba a compartir en YouTube. Realmente no podía recriminarle a Alpha que hubiese echado una cabezadita: si no hubiera sido por la adrenalina que le produjo aquella misión en mitad de Siberia, él también llevaría rato roncando.

—Es tardísimo. Quería dejar subiendo la partida para publicarla mañana en el canal, pero me voy a dormir. Mañana la monto y la dejo subiendo por la tarde. ¿A las cuatro hacemos otra? ¿Oye? ¿Me recibes?

Tras unos segundos de silencio, se oyó un crepitar al otro lado de la línea:

—Sí, sí, mañana quedamos. Me había quedado sobadísimo otra vez.

—Vale, vete a la cama. Porque mañana vas a recibir una buena paliza.

—Desconecto.

—Hasta las cuatro. Desconecto, buenas noches.

Antes de meterse en la cama, Grefg fue al baño para cepillarse los dientes. Todavía le hormigueaban los dedos después de disparar tantas armas de distinto calibre sobre decenas de enemigos perfectamente entrenados para matarle.

Por un momento, pensó cómo sería si todo aquello fuera real: ser un soldado de fortuna, en mitad de una misión en Siberia, combatiendo a terroristas rusos que se camuflan perfectamente en la nieve. ¿Sabría estar a la altura? ¿O en lugar de los dedos le temblaría el cuerpo entero?

Pero enseguida desechó la idea: aquella noche había muerto unas quince veces. En el mundo real, no se puede morir más de una. En la vida real, solo se tenía una vida. Siete, si eras un gato.

White Angel, nivel -15.
Hora local: 08.18 a.m.

Las puertas del ascensor se abrieron cuando el panel indicador reflejó el nivel -15. Era la planta más profunda de White Angel. Se hallaba a más de trescientos metros de la superficie. Quizá incluso a más de cuatrocientos.

Los cinco reclutas abandonaron el ascensor, y trabaron la puerta con un subfusil sin munición para que nadie pudiera bajar por allí.

—¡Por favor! ¡Por favor! ¡No me matéis!

Los cinco apuntaron automáticamente a un hombre vestido con bata blanca almidonada que había salido de detrás de una puerta. Sus ojos estaban desorbitados por el terror. Levantaba las manos hacia arriba todo lo que podía.

—No somos los malos —le informó Falcon poniendo de nuevo el seguro en su pistola—, puede bajar las manos.

—¿Usted trabaja aquí? —preguntó Karen, acercándose al tembloroso hombre.

—Sí, pero no me matéis, por favor —balbuceó este.

—Que no somos los malos, ¿no me ha oído? —insistió Falcon poniendo los ojos en blanco.

El hombre pareció tranquilizarse un poco y metió sus manos en los bolsillos de la bata. Necesitaba hacer algo con ellas en semejante estado de nerviosismo, y consideró que guardarlas en ellos era lo más adecuado.

—¿Cómo se llama? —le preguntó Karen.

El científico miró a aquella escuadra de jóvenes reclutas, todos tan distintos entre sí, y estuvo a punto de responder que lo importante era quién diablos eran ellos.

—Soy el doctor Burke —dijo señalando su placa de identificación prendida de su pechera, donde se leía MARCUS J. BURKE. INGENIERÍA. I+D—. Trabajo en el Departamento de Desarrollo. ¡Estamos siendo atacados!

Falcon silbó:

—¿No me diga? No lo había notado...

El doctor Burke hizo caso omiso del comentario sarcástico de Falcon y continuó hablando. Lo hacía tan rápido que su boca recordaba una ametralladora disparando sin cesar. El miedo parecía haber apelotonado todavía más sus pensamientos:

—No sé qué hacen ustedes aquí, pero creo que ha sido muy mala idea que bajaran hasta el subnivel 15.

Todos miraron a Byte, que reunió suficiente entereza para preguntar con un hilo de voz:

—¿Por qué?

—Alarma terrorista —dijo el científico levantando las manos hacia el cielo, como si los señalara a ellos—. Si han venido a por algo, seguramente está en el subnivel 15. Aquí están todas las armas pesadas en desarrollo.

—Genial —intervino Falcon y miró a Byte—: Nos hemos metido en la boca del lobo.

Karen le explicó que los cinco formaban una escuadra de reclutas novatos, los mejor evaluados en las últimas pruebas de la academia McNaughton para entrar a formar parte de las Fuerzas Especiales. Sin embargo, no tenían aún experiencia real en combate. Por no tener, ni siquiera tenían armas reales, sino medio cargador de un subfusil, dos pistolas, dos granadas y un par o tres de cuchillos.

—Venid conmigo, aquí no estamos seguros —les comunicó el doctor Burke con un tono de voz funesto mientras se abría camino por un pasillo—. White Angel está casi sin personal. Nos informaron de que había maniobras de adiestramiento. Que no saliéramos de nuestra rutina diaria. Y yo no lo hice, juro que no lo hice. Pero entonces vi las cámaras de seguridad. Han entrado por varios puntos. No sé cuántos son, pero son más de veinte, podrían ser incluso más de treinta.

—Reste a los dos que ya nos hemos cargado —añadió Falcon mientras seguían los pasos de aquel ingeniero que parecía estar sufriendo estrés postraumático.

—A lo mejor son más, no lo sé. Tampoco sé cómo han entrado. Es imposible. Solo había acceso para vosotros. La seguridad de White Angel es mejor que la de Fort Knox. Aquí hay más controles biométricos que en un capítulo de *CSI*. ¿Habéis visto *CSI*? A mí me encanta, sobre todo *CSI Las Vegas*.

»Aquí hay sistemas de identificación biométrica por oído, porque el sonido que penetra en la oreja y su retorno son únicos en cada uno de nosotros, debido a que tenemos una estructura diferente del oído interno. También hay controles mediante el olor, porque cada persona desprende un olor corporal distinto, sobre todo mi colega Gunther Botha, que siempre apesta a ajo. White Angel tiene, además, controles de las rodillas, que es incluso más fiable que el de las huellas dactilares. Y hasta controles de ADN. Pero ellos han entrado por diversos accesos. Alguien les ha dejado entrar. No sé qué está pasando, no lo sé...

El pasillo que estaban recorriendo desembocó en una sala de techos altos que debía de tener unos quinientos metros cuadrados. Un sistema de raíles recorría el techo, desapareciendo por otros pasillos, y en ese momento pendían de ellos dos cajas metálicas que estaban detenidas. En un lateral de esta sala había una especie de edificio interno totalmente insonorizado. Sus paredes estaban construidas con vidrio traslúcido a prueba de balas, en realidad una resistente polifibra mezclada con plexiglás. Era como un laboratorio dentro de otro laboratorio.

El doctor Burke se dirigía hacia ese edificio. Tomó la tarjeta de identificación que pendía de su bata, y la pasó por encima de un sensor. La puerta se abrió como las valvas de una almeja emitiendo un siseo de aire comprimido. Tras las puertas había un complejo juego de brazos hidráulicos que eran los encargados de sellar la puerta. Y sobre el marco habían pintado un enorme número en negro: el «1». Aquella sección, en caso de verse comprometida la integridad estructural, podía aislarse del resto de White Angel, incluso en las tomas de oxígeno del exterior, a fin de evitar contaminación bacteriológica.

—Aquí estaremos seguros. Todo está revestido. Las instalaciones están aisladas del resto de White Angel por unos...

Los cinco reclutas dejaron de prestar atención a la verborrea del doctor Burke para fijarse en la larga hilera de cubículos que albergaban ordenadores y toda clase de dispositivos a medio fabricar. Karen advirtió que en una oficina, detrás de unos armarios, se escondían otros científicos. Aquel lugar parecía haberse convertido en el refugio improvisado de gran parte del personal del nivel -15 de White Angel, lo cual no sonaba demasiado bien: cada vez estaban más atrapados en una zona con menos salidas.

El doctor Burke descendió por una escalinata y continuaron por otra estancia. Todo estaba lleno de más ordenadores que lanzaban continuos bip-bip-bip, organizados en forma de panal de colmena.

Pantallas, teclados, circuitos impresos trufados de relés, condensadores y resistencias, interfaces hombre-máquina, un brazo ciborg a medio construir, proyecciones holográficas diversas... y en el aire estaba suspendido un ligero olor a productos de limpieza y lejía.

—¿SuperWASP? —preguntó el doctor Burke al aire—. ¿Estás aquí?

Falcon intercambió una mirada de extrañeza con Karen: ¿Marcus Burke había empezado a hablar solo?

—¿SuperWASP? ¿Dónde estás, pequeño?

Una ligera vibración en el aire que sonaba como uno de esos ventiladores portátiles que se conectan al ordenador a través del puerto USB precedió la aparición de un dron del tamaño de la palma de una mano. El cuerpo era el típico de un cuadricóptero civil, pero el fuselaje parecía más resistente y estaba pintado de gris. A ambos lados tenía grabada la tradicional calavera con dos tibias cruzadas de las banderas piratas. Y de dos pequeñas alas deltoides emergían unos cañones que tenían el tamaño de un cigarrillo.

—Todo despejado, doctor Burke —dijo el dron con una voz metálica y aguda, como la de un niño pequeño. El sonido era tan bajo que había que estar muy atento para entender sus palabras.

—Os presento a SuperWASP —anunció el doctor Burke—, un cuadricóptero experimental para misiones de rescate dotado con una inteligencia artificial no operativa.

—Soy un modelo 112. Realizo más operaciones por segundo que el cerebro de una lagartija —informó SuperWASP con un hilo de voz tan agudo que recordaba el zumbido de un mosquito—. Espero órdenes.

—Continúa vigilancia de entradas seis y siete —le ordenó el doctor Burke.

—Vigilancia de seis y siete. Todo despejado.

SuperWASP estaba equipado con un sistema de comunicación capaz de enlazar con el sistema de cámaras de vigilancia. Su pequeño tamaño, así como sus protocolos experimentales, parecían estar a salvo de las interferencias electrónicas que habían convertido a White Angel en un lugar totalmente incomunicado con el exterior.

—Es un modelo de desarrollo antiguo, no funciona bien del todo, pero lo hemos adoptado en el laboratorio. Ahora lo usamos como cámara para nuestras largas jornadas aquí abajo. Dicen que las cosas más rutinarias pueden ser especiales si las haces extraordinariamente, y eso es lo que hace SuperWASP por nosotros. Nos graba trabajando y nos sentimos como estrellas de cine. Luego podemos ver los vídeos donde aparecemos resolviendo algún problema técnico que

parecía imposible, y entonces es como si hubiéramos prota-
gonizado una película. Lástima que solo las podamos ver
nosotros, porque con un poco de montaje podrían quedar
épicas. Pero ya sabéis, *Top Secret*.

—O sea, que para huir de la rutina del trabajo diario... os
ponéis vídeos de cómo trabajáis diariamente —murmuró
Falcon, y su voz no estaba exenta de cierta ironía.

Diego Ricco extendió su brazo hacia el pequeño dron
como si este fuera un pájaro metálico al que pudiera dar
de comer. SuperWASP sobrevoló el dedo índice extendido de
Ricco, y casi parecía querer posarse sobre él (si hubiera estado provisto de patas). Ricco siempre mostraba tal cariño y
aprecio por los animales que hasta un arma experimental
disfrazada de dron era capaz de comportarse como si fuera
su mascota.

—¿No hay salidas de emergencia? —preguntó Falcon,
dejando de lado aquella ronda de presentaciones formales.

—No en este nivel —informó el doctor Burke como si no
hubiera otra cosa que hacer que aguardar a ser rescatados.

—Entonces no deberíamos estar en este nivel, ¿no cree?

—Tomar los ascensores es peligroso.

—Creo que es más peligroso esperar aquí hasta que den
con nosotros.

El doctor Burke carraspeó, evaluando la conveniencia de
revelar un dato. Karen tenía razón.

—Bien... tal vez, pero estoy casi seguro que esos hombres

han venido a por una cosa que no está aquí, sino en el sector noroeste.

Falcon arqueó una ceja, esperando que el doctor Burke continuara hablando, pero al ver que no lo hacía, insistió:

—Y ¿esa cosa es...?

—Aún no tiene nombre. Lo llamamos Elemento Rojo aunque yo prefiero llamarlo Frankenstein.

Byte, que había estado toqueteando un ordenador cercano, apretando teclas a gran velocidad y revisando una cuadrícula de imágenes que correspondían a las cámaras de seguridad del sector, dejó lo que estaba haciendo y volvió la cabeza hacia ellos:

—¿Frankenstein también está aquí?

#4

THEGreFG

Habitación de Grefg.
Hora local: 03.49 p.m.

Grefg encendió el ordenador justo después de dar un salto de la cama y emitir un gran «buaaa». Se había pasado toda la noche jugando al *Call of Duty Black Ops 3* y, tras aquella sesión maratoniana, había tenido extraños sueños sobre comandos terroristas rusos. Pero ya estaba, era un nuevo día, tenía partidas que subir al canal, fases que superar, villanos que abatir. Ni siquiera había desayunado, o almorzado, o cenado o lo que diablos le tocara hacer en ese momento, porque lo primero que hacía nada más despertarse era darse una ducha mientras canturreaba bajo el agua.

Todavía no tenía mucha hambre, así que se estaba tomando un batido de frutas mientras revisaba su canal de

YouTube y echaba cuentas de las visitas y comentarios que había recibido su último vídeo.

A veces le daba escalofríos pensar que tantas miles de personas pudieran seguir sus aventuras, sus victorias, sus muertes, e incluso sus idas de olla, como el mítico reto de los limones. Pero, poco a poco, estaba acostumbrándose a compartir con medio mundo su vida virtual.

Cuando revisó las estadísticas de su canal, escribió algunas palabras clave en YouTube en busca de algún gameplay de *Call of Duty* que le inspirara un poco. Alguno en el que hubiera muchas explosiones, por ejemplo. Al cabo de un rato encontró un vídeo muy curioso. Frunció el ceño mientras comprobaba una y otra vez aquel vídeo. Algo no acababa de encajar en él.

Parecía el típico gameplay, pero había algo ligeramente distinto. O enormemente distinto, según se pensara. Los soldados de aquel vídeo no estaban compuestos por píxeles. Tampoco el escenario. Ni las armas. Absolutamente nada en ese vídeo era un videojuego. Todo parecía real. ¿Había puesto un flytest de un nuevo juego? ¿Qué eran aquellos gráficos? La verdad es que los gráficos eran cojonudos, ¿cómo podía ser que se le hubiera pasado por alto este juego? No, en realidad, lo que estaba viendo eran soldados reales en mitad de una misión.

Comprobó la fecha de subida del vídeo y descubrió que estaba frente a un streaming en directo. Su boca se fue abriendo poco a poco, a medida que comprobaba el vídeo, hasta que su mandíbula se abrió por completo. Durante un momento pensó que su cara debía de parecerse un poco a la famosa Trollface. Pero no era para menos: lo que estaba viendo era real, era muy...

—Gordo, tío. Esto es muy gordo —iba repitiendo Grefg mientras iniciaba su cuenta de Skype. Necesitaba hablar de esto con alguien. Quizá estaba metido aún en sus pesadillas. Sí, debía de ser eso. Pero todo parecía muy real. Tal vez se trataba de una campaña de marketing. El vídeo ya tenía 32 comentarios, y algunos de ellos decían cosas como «se os ve el plumero» o «xD xD si estos son soldados de élite, yo soy Santa Claus xD xD». Madre mía, cuánto hater suelto, pensó Grefg.

Todo podía ser. Sin embargo...

Sin embargo, cabía la posibilidad de que fuese real. Y si era real, podría molar mucho. Molar más que nada en el mundo. Grefg leyó otra vez la descripción del vídeo, mientras pulsaba sobre el nombre de sus contactos para realizar una llamada.

—Tío... no te creerás lo que estoy viendo. ¡Estoy alucinando! Mira el enlace de YouTube que te paso.

#5

Armas experimentales

White Angel, nivel -15.
Hora local: 08.51 a.m.

Byte era un pequeño genio, eso estaba claro para la mayoría de la gente que le conocía. Desde pequeño había trasteado con ordenadores y consolas, y era capaz de desmontar una PlayStation con los ojos cerrados... y volver a montarla. Sin necesidad de abrirlos.

En clase siempre le habían llamado friqui, pero no le importaba. Y, con el tiempo, llegó a encontrar la respuesta perfecta: los friquis están dominando el mundo, y cuando son adultos se hacen millonarios. Como Bill Gates. Como Mark Zuckerberg. Como Steve Jobs. Los friquis y los geeks cada vez son más célebres y, por eso, además de ricos, se están convirtiendo en sex symbols. Por eso cada vez abundan más los sitios web creados para mujeres que buscan un novio geek, como Geek2Geek, Sweet on Geeks o NerdPassions. Lo decía por lo que le habían contado, no es que él se hubiera metido en ninguno... ejem.

Por eso, Byte había logrado puentear sus comunicaciones con el exterior. Porque sus héroes eran Stephen Hawking y Elon Musk, y no Justin Bieber.

Describir técnicamente lo que Byte había logrado podría formar parte de un manual para hackers, pero básicamente podía resumirse en una serie de puntos importantes. Byte se había aprovechado de la tecnología de SuperWASP, que los ingenieros habían modificado para su uso personal, para amplificar la señal de emisión. Los terroristas habían neutralizado la red de amplio espectro y el sistema de transmisiones de emergencia de White Angel, pero todos los sistemas de interferencias disponen también de una frecuencia que puede ser usada para transmisiones autorizadas. Es como un camino secreto en la banda de microondas que atraviesa un campo de minas.

Byte se había dado cuenta de que la frecuencia del wifi de SuperWASP podía seguir emitiendo fuera de White Angel, y que conectaba con algún repetidor externo. SuperWASP solo emitía a través de YouTube, tenía toda la navegación por internet restringida, y quizá probablemente por eso no había sido detectada ninguna intromisión por IP. Los ingenieros de White Angel eran tan aficionados a saltarse las normas que no dudaron ni un segundo en configurar a SuperWASP para que cargara en un canal privado de YouTube todo lo que registraba con su cámara. SuperWASP no se comunicaba realmente con el exterior, sino con una plataforma muy concreta que solo podía visualizarse mediante invitación. Ahí residía el secreto, y Byte había convertido el vídeo privado en uno público.

Un secreto que Byte había considerado oportuno no revelar a nadie. Al menos, aún. No sabía si iba a funcionar, y solo quería anunciar su ejemplo de pericia técnica si había servido para algo importante. Podía examinar la evolución de los vídeos que subía a través de YouTube mediante una retropantalla insertada en el interior de su casco, sin que nadie lo supiera. Así pues, mientras Byte había realizado todas estas operaciones, el resto de su escuadra se mantenía ajena a su plan, atendiendo al doctor Burke y los detalles de Frankenstein.

—Es un error común confundir a Frankenstein con el monstruo de Frankenstein. Victor Frankenstein era un científico que devolvió la vida a un cadáver al que no le puso nombre, y que la gente empezó a llamar monstruo de Frankenstein. Así que llamar Frankenstein al dispositivo experimental que estamos desarrollando aquí es un homenaje a la ciencia, no al monstruo.

Mientras el doctor Burke explicaba los detalles de aquel dispositivo, el Elemento Rojo, o Frankenstein, como él prefería llamarlo, los cinco reclutas continuaban avanzando por otro pasillo, poniéndose a resguardo de la inminente llegada de los terroristas. SuperWASP sobrevolaba sus cabezas muy cerca de ellos, tan fiel como una mascota.

—Podríamos resumir Frankenstein como un fluido nanotecnológico que se infiltra en el torrente sanguíneo de una víctima mortal y que reanima sus órganos vitales para que continúe operando durante unas horas más.

—¿Me lo repite...? —exigió Falcon a su lado.

—Creo que quiere decir que han fabricado un suero para devolver muertos a la vida, como Frankenstein —tradujo Karen.

—Gracias por la aclaración. Pero no me lo creo.

—Es mucho más complicado que todo eso —matizó el doctor Burke—, en realidad solo es un prototipo, no siempre funciona, y solo ha tenido éxito en víctimas que llevan muertas menos de tres horas.

—¿Eso fabrica zombis? —preguntó Apon Drake, que llevaba mucho rato en silencio.

—Algo así, pero no exactamente. Los zombis no existen, y eso sí que existe. En este fluido hay millones de nanorrobots, es decir, robots más pequeños que un grano de arroz. Tan diminutos que ni siquiera son visibles a simple vista: es necesario un microscopio para poderlos ver. Estos robots navegan por el interior de la sangre de la víctima y llegan hasta el corazón, el cerebro y otros órganos vitales, que reaniman con pequeñas descargas eléctricas. Los nanoimpulsos permiten que el cadáver vuelva a moverse. Pero no está exactamente vivo. Cuando la energía de las nanomáquinas se agota, el cadáver vuelve a estar muerto. ¿Habéis visto cómo una descarga eléctrica puede convulsionar un cuerpo? Pues la teoría es la misma.

—Pero ¿es consciente de sí mismo? —preguntó Diego Ricco apretando uno de sus colgantes tribales del cuello: era muy supersticioso para cualquier asunto que fuera en contra de la naturaleza.

—No me quiero poner filosófico, pero...

¡BOOM! Una explosión lejana retumbó a lo lejos. Los terroristas estaban cada vez más cerca. El doctor Burke continuó avanzando cada vez más deprisa mientras se frotaba las manos por los nervios. Su cara estaba brillante de sudor.

—No sabemos hasta qué punto la víctima resucitada es consciente de sí misma. El Elemento Rojo solo ha sido probado en animales mamíferos. Su función sería... revivir soldados caídos en combate para que continúen adelante y sigan disparando durante unas horas más. Un ejército que use el Elemento Rojo puede ser mil veces más letal que cualquier ejército del mundo. A los ingenieros de White Angel no les importan las cuestiones filosóficas del experimento, ni siquiera hasta qué punto el soldado sabe dónde está, sufre o simplemente se deja llevar por sus últimos instintos. Lo importante es que siga adelante.

—Lo que yo decía —sentenció Apon Drake—, plaga de zombis.

El doctor Burke pulsó un panel transparente, introdujo un código de acceso, dijo su nombre en voz alta, y una puerta enorme de titanio accionada por pistones descendió lentamente. Sobre la puerta se leía HABITACIÓN THX. Los fluorescentes del interior de la sala parpadearon un par de veces antes de cobrar vida e iluminar toda la estancia.

Falcon silbó al distinguir todas las armas que se alineaban por las paredes y los enormes cajones de municiones. También había aparadores que exhibían granadas y distintos explosivos plásticos, algunos de los cuales ni siquiera fue capaz de identificar. De hecho, muchas de las armas que extrajo de sus correspondientes fundas no le sonaban de nada.

—Todo este material está en el último nivel de desarrollo —explicó el doctor Burke—. Algunas de estas armas ya están en el mercado, pero la mayoría no han sido probadas fuera de White Angel. Por lo que he visto, no estáis muy bien equipados, pero aquí tienen de todo para resistir. Decidme que podréis protegerme.

El doctor Burke les había conducido a una estancia sin salida, en lo más profundo del nivel -15, con todo el armamento funcional disponible. Sin duda, había sido el miedo el que había tomado aquella decisión, porque ninguna mente racional hubiese optado por encerrarse allí bajo una amenaza terrorista. Es cierto que sobraban balas, pero ninguna estrategia es inteligente si no se cuenta con una segunda salida para retroceder o rodear al enemigo.

—Yo me quedo esta, que es de mi talla —anunció Apon Drake sosteniendo una ametralladora descomunal. Se sentía como un niño que, nada más despertarse, hubiera abierto los regalos dejados por los Reyes Magos.

—Es una versión mejorada de la clásica Minigun, que usa el sistema Gatling de cañones rotativos accionado por un motor eléctrico alimentado desde una fuente de energía externa —informó el doctor Burke—. La llamamos Vulcano porque, al disparar sus siete mil proyectiles por minuto, parece...

—Un volcán en erupción —completó Karen.

Falcon se sorprendió de la determinación de Karen. Parecía que controlaba todas las vertientes de la situación.

El resto se desperdigó por la estancia para equiparse convenientemente. El lugar no era el más adecuado para resistir un ataque, pero debían aprovechar la oportunidad de armarse con lo último de lo último de White Angel.

Todos tomaron rifles de asalto de última tecnología, pistolas y granadas. Los subfusiles dejaban en ridículo a los tradicionales P-90 con su cadencia de novecientas balas por minuto, su empuñadura ergonómica, su sistema de retroceso interno y su cargador transparente de cien balas. Parecían armas sacadas de una película de ciencia ficción.

Diego Ricco también se hizo con una bolsa con varios explosivos C-4 con sus correspondientes detonadores, así como con una colección de cuchillos de hoja de carbono.

John Falcon tomó un rifle de francotirador M82AIA modificado con proyectiles de aluminio acelerados electromagnéticamente, lo que permitía atravesar casi todas las superficies, incluso alguno de los blindajes más duros. Por supuesto, atravesaba los chalecos antibalas como un cuchillo caliente cortando mantequilla.

Karen Chow continuó con su fusil, y solo añadió más cargadores, un suero llamado R-Law, que permitía agudizar los reflejos, y una catana electrostática SwordR. Fue la única que se atrevió con las drogas de diseño de aquel laboratorio.

—Con ese acelerador te sentirás como si todo a tu alrededor fuera tres o cuatro veces más lento de lo normal —le instruyó el doctor Burke—, una simple dosis y dispondrás de unos cinco minutos de superreflejos.

—Y la catana es como el sable de Luke Skywalker, ¿no? —musitó Byte, que también estuvo sopesando distintos modelos, aunque parecía más distraído que de costumbre. Un recluta tan profundamente aficionado a la tecnología y los cachivaches debería haber estado más emocionado, pero no lo estaba. Algo ocupaba su atención en su ojo izquierdo, el que podía ojear transmisiones y ristras de datos en la retropantalla de su casco de combate.

Byte, ahora, podía controlar un teclado virtual con las pupilas y, parpadeando, pulsar las teclas y escribir algún mensaje de chat a alguien sin que nadie se diera cuenta. Según él era lo más parecido a la telepatía. Y eso justamente era lo que estaba haciendo en ese momento: escribía en YouTube.

Entonces se oyó una ráfaga de ametralladora cerca de allí.

—¡Coged todo lo que podáis y salgamos de esta ratonera! —ordenó Falcon.

#6

Alerta YouTube

YouTube.

Sin hora local.

Un vídeo estaba emitiéndose a través de un canal abierto de YouTube. Se emitía en streaming, es decir, en tiempo real. Era lo que en el argot de YouTube se conocía como un Live. A su vez, el vídeo enlazaba a otros cinco vídeos. Cada uno de los seis vídeos mostraba lo que registraban en tiempo real las cámaras de SuperWASP, así como las de Falcon, Drake, Byte, Ricco y Chow. De esta manera, una persona hábil podía agrupar los seis visionados para componerse una imagen poliédrica de la situación. Lo que no mostraba uno, lo mostraba el otro, enriqueciendo la información táctica. Era lo más parecido a una sala de control del Pentágono, pero llegando a todas las habitaciones del mundo.

Además, todo se emitía en vídeo de 360º, es decir, que en

la parte superior del vídeo de YouTube aparecía un círculo con cuatro flechas que permitía girar la imagen a voluntad. Quienes estuvieran equipados con unas gafas de realidad virtual, como unas Google Cardboad, unas VR Samsung Gear 360, o incluso unas sofisticadas Oculus Rift, solo tenían que mover la cabeza para ver lo que quisieran, como si estuvieran físicamente en aquel escenario. Claro que no todo el mundo tenía aquellas gafas. Solo algunos millonarios aburridos que no sabían qué hacer con ellas y algunos youtubers geek.

El vídeo empezó a sumar los primeros visionados a gran velocidad. Y también los primeros comentarios. Todos creían que era una acción de marketing de un nuevo videojuego, pero un chico, un chaval en su habitación, se lo estaba tomando en serio. Era Grefg, que enseguida empezó a recibir contestaciones del autor del vídeo, un tal ByteUser201.

THEGREFG: ¿Esto es real?

BYTEUSER201: SOS. Rápido.

THEGREFG: Vale, pero no me lo creo del todo. Necesito una prueba de que esto es real. Haz el símbolo de la victoria con los dedos.

BYTEUSER201: OK?

THEGREFG: Vale, esto significa que estás en directo de verdad. Pero eso tampoco quiere decir que el peligro sea real.

BYTEUSER201: Muertes reales. Pronto.

THEGREFG: Pero, tío... esto es muy fuerte.

BYTEUSER201: AYUDA.

THEGREFG: Dame un minuto.

BYTEUSER201: AHORA.

Grefg ya se había puesto en contacto con sus amigos más cercanos en el entorno gamer, como AlphaSniper, Torete o Ampeta Metralleta. Todos ellos mostraron las mismas reservas que él había expuesto a Byte, como era natural, pero Grefg les convenció de que debían actuar. Quizá todo era un montaje, pero ¿acaso tenían algo que perder si así era?

—Pues yo me lo creo —dijo Ampeta Metralleta por Skype.

—Tú te lo crees todo —repuso Torete.

—Los Reyes son los padres —afirmó AlphaSniper soltando una carcajada.

—Chavales —exclamó Grefg—, creo que no estáis captando lo importante que es este momento. Todo esto podría ser verdad y nosotros estamos aquí perdiendo el tiempo.

En efecto, si todo lo que mostraba aquel vídeo que se emitía en riguroso directo era verdad podría morir mucha gente si no actuaban con rapidez. Fuera real o no, era una buena oportunidad para participar en una partida de FPS con humanos en vez de con personajes creados por ordenador.

—Vale, ¡me apunto! —exclamó AlphaSniper.

—Y yo —dijo Torete—, ya sabéis que siempre estoy preparado para una fiesta.

—Yo estoy dispuesto desde el minuto uno —terció Ampeta Metralleta.

#7

La Habitación THX

White Angel, nivel -15.
Hora local: 09.19 a.m.

¿Cuántos terroristas se habían infiltrado en White Angel? Era imposible de saber, pero la cifra debía de ser alta si tenían en cuenta que aquel grupo de soldados que avanzaba cautelosamente hacia la Habitación THX no vestía de negro como el anterior grupo con el que se habían encontrado, sino de blanco y gris, como si formaran parte de otra unidad. Los cascos de kevlar eran grises, los chalecos antibalas, también, y los uniformes blancos no mostraban ninguna credencial. Incluso los fusiles MP-5 que llevaban en ristre eran grises y blancos, y estaban provistos de gruesos silenciadores.

En total, eran nueve hombres. Todos ellos de más de un metro noventa de altura y espaldas anchas. Parecían pertenecer a un cuerpo de élite. Eran hombres duros, y casi duplicaban en número a los cinco novatos que se guarecían en la Habitación THX. ¿Qué es lo que buscaban? ¿Solo armas experimentales? A juzgar por la determinación, todo lo que querían estaba en la Habitación THX, y eso incluía a los cinco reclutas.

—Creo que vienen a por nosotros —susurró Byte mientras manipulaba una terminal que quedaba en la sala de oficinas justo en el exterior de la THX. A través de su ojo izquierdo estaba viendo lo que veía SuperWASP a través de su cámara de fibra óptica. Allí estaban las dependencias privadas de algunos trabajadores.

SuperWASP retrocedió unos metros para no ser interceptado por el destacamento de terroristas que vestían de blanco. Su cámara enfocó un corto pasillo de apenas cinco metros de longitud, en cuya puerta había una placa que rezaba: LABORATORIO DE BIOXINAS.

¿Tal vez los terroristas se dirigían hacia ese pequeño laboratorio? SuperWASP retrocedió unos cuantos metros más hasta protegerse en la última curva que ya enfilaba hacia la Habitación THX. El dron aguardó unos segundos, mientras Byte cruzaba los dedos. Pero no hubo suerte. Los soldados de blanco pasaron por delante de la puerta del pequeño laboratorio biológico casi sin prestarle atención. Sin duda, su objetivo era la THX.

—Confirmado, estamos jodidos —repitió Byte a través de su micro—. Son nueve. Vienen hacia aquí.

—Recibido —respondió Falcon.

Tanto sus compañeros como el doctor Burke lanzaron miradas de desesperación al otro lado de la puerta de la Habitación THX, justo al final de la curva del pasillo. En cualquier momento, por allí aparecería la primera cabeza de un terrorista. Y ellos no solo eran novatos en el combate real, sino que iban a tratar de defenderse con armas que todavía no dominaban. Era como darle una ametralladora a un niño de cinco años. Era una completa locura.

Estaban atrapados allí. Entre la entrada a aquel pasillo y la puerta de la Habitación THX no había adónde ir, no había puertas en las que parapetarse, ni otros pasillos alternativos por los que desaparecer. Tan solo un pasillo de apenas dos metros de ancho les separaba de los terroristas.

Pero Byte no parecía tan preocupado como sus compañeros, más bien estaba concentrado en otros asuntos a través de su retropantalla, guiñando el ojo y usando su pupila para gobernar las opciones de visualización, lectura y escritura. De repente, pareció salir del trance para anunciar:

—Chicos, somos un blanco fácil. Debemos dispersarnos. Drake, ponte delante, tú tienes la mayor potencia de fuego. Falcon y Ricco, cubridle. Chow, tú eres la más ágil, y la más delgada de todos nosotros. Tienes que subir hasta esa rejilla del techo. Es un conducto de ventilación. Úsalo para alcanzar la retaguardia del enemigo y sorprenderle desde allí.

Los cuatro reclutas se quedaron estupefactos ante las

órdenes claras y sin fisuras de Byte, que durante un segundo les sonó como las del sargento Hicks. ¿De dónde había sacado Byte esa seguridad y ese aplomo? Sea como fuere, era el único que parecía tener las cosas claras, y los cuatro reclutas se aferraron a aquellas órdenes.

Karen Chow fue la primera en reaccionar, empujando una mesa en la que descansaban algunos dispositivos experimentales cuyas funciones aún desconocían. Burke puso cara de pánico al ver cómo se movían algunos de los frascos. La próxima pandemia de ébola podía estar ahí. Situó la mesa justo debajo de la rejilla de ventilación. Se apoyó con una mano en el tablero y, con un grácil salto, se subió a él. Desde allí, alcanzó la rejilla con las manos y tiró de ella. Nada, estaba fijada con tornillos.

—¿Doctor? —apremió al doctor Burke mirándole de reojo sin dejar de manipular la rejilla.

El doctor Burke también tardó en reaccionar, y cuando lo hizo se sacó las manos de los bolsillos de la bata, se las frotó, volvió a introducirlas en ellos, miró a su alrededor con los ojos un tanto salidos de sus órbitas y, por fin, se aproximó casi de un salto a un contenedor de metal. Lo abrió tirando de la tapa hacia arriba y las bisagras chirriaron. Allí dentro había una serie de cilindros de metal del tamaño de un dedo corazón. Tomó uno y se lo lanzó a Karen, que lo tomó al vuelo.

—Láser verde de alta frecuencia. Apunta y fríe esos tornillos.

Karen le dio la vuelta al cilindro. Parecía una linterna pequeña de campamento. Tenía un pulsador de goma en la parte trasera. Apuntó y lo pulsó con el dedo pulgar. No apareció ningún haz láser como en las películas. Nada de nada. Ni siquiera un zumbido o un siseo. No obstante, en el techo distinguió un diminuto punto de luz verde del cual se desprendía un delgadísimo hilo de humo.

Karen lo entendió, desplazó un poco el punto hacia uno de los tornillos que fijaba la rejilla y, en cuestión de dos segundos, el tornillo se puso al rojo vivo y se fundió. Repitió el proceso con los otros tres tornillos, y la rejilla se desprendió y quedó colgada de un par de goznes.

—Parece que esta habitación es el sueño húmedo de James Bond. —Era Apon Drake el que hablaba, efectivamente.

Guardándose aquel valioso mechero a distancia en el bolsillo de su pantalón, Karen dio un leve salto para alcanzar el suelo del conducto de aire con la palma de las manos. Se sujetó a él, y, sin apenas esfuerzo, elevó su cuerpo hacia aquel orificio estrecho, haciendo un pequeño ejercicio de contorsionismo para entrar por él.

Karen había hecho fácil lo que a cualquier persona le habría costado mucho esfuerzo, gruñidos, sudor... y probablemente no hubiera logrado hacer. Pero Karen tenía un cuerpo adiestrado y sus brazos, a pesar de su delgadez, estaban cruzados de músculos cultivados tras años de artes marciales. Decían que era capaz de romper un ladrillo con el delicado canto de su mano, y ahora ese rumor se hizo más creíble que nunca.

Totalmente tumbada boca abajo, como si fuera un gusano tratando de salir de su crisálida, Karen empezó a impulsarse con los hombros y las rodillas, deslizándose a trompicones por aquel estrecho conducto, intentando no chocar con las tuberías anodizadas que lo recorrían entero. El conducto estaba oculto sobre el techo de hormigón, así que no había riesgo de que el sonido causado por su arrastre llamara la atención de nadie. Aun así, no era un paseo por el parque.

Mientras tanto, los demás novatos ya habían tomado posiciones. Y el doctor Burke se había escondido detrás de un bidón por el que solo asomaba ligeramente la cabeza. Su cara brillaba de sudor más que nunca.

Todos se quedaron quietos sin hacer ruido. Ya apenas oían las pisadas lejanas de los terroristas. Todo parecía haberse detenido. Tenían los ojos fijos en la esquina del pasillo, esperando que apareciera el primer cuerpo para disparar. Pero no aparecía nadie. ¿A qué esperaban?

En ese momento una esfera negra hizo su aparición en el pasillo y golpeó el suelo dos veces, antes de empezar a rodar.

Una diminuta voz metálica sonó cerca de ellos:

—¡Granada!

Era SuperWASP, que voló hacia la Habitación THX, salvándose por muy poco de la explosión. Apenas tuvieron tiempo para saltar rodando por el suelo y protegerse en los marcos de la puerta de la Habitación THX, antes de que la granada estallara. La detonación fue ensordecedora y aceleró aún más las pulsaciones cardíacas de todos ellos. La metralla impactó contra las paredes, ordenadores y todo cuanto encontró a su paso.

Y entonces se desencadenó el infierno. Los ligeros zumbidos de las automáticas de los terroristas quedaron ahogados por el ruido de los impactos de los proyectiles contra las paredes, el suelo y el resto del mobiliario superviviente de la explosión de la granada. Estaban disparando sus armas contra ellos sin ninguna consideración. El único monitor que quedó a salvo mostraba el salvapantallas de una portada de la revista *Playboy*.

Era hora de devolverles el fuego. Falcon y Ricco dispararon hacia la nube de humo dejada por la granada sin saber si darían a algún blanco mientras Apon Drake se incorporaba de nuevo, amartillaba su gigantesca Vulcano y hacía rotar el motor del cañón giratorio.

La Vulcano empezó a vomitar fuego. Su cadencia de disparos era tan monstruosa que para los terroristas fue como si todo un escuadrón de soldados disparara todas sus armas simultáneamente contra ellos. Aquel aluvión brutal de municiones sonaba como el ruido de un helicóptero, pero acelerado. La fuerza del retroceso era tan poderosa que Drake no

solo debía sujetar la Vulcano fuertemente, llenando de venas sus bíceps y cuádriceps perfectamente cincelados, sino que sus piernas, ligeramente flexionadas, debían anclarse al suelo para evitar que su cuerpo retrocediera centímetro a

centímetro. Agradeció todas y cada una de sus horas en el gimnasio.

¡Ra-ta-ta-ta-ta-ta-ta!

Mientras disparaba, parecía tener el control de la situación, así que no dejó de hacerlo ni en cinco, ni en diez segundos. De hecho, vació los cargadores conectados a una mochila de alimentación, disparando miles de proyectiles durante unos largos treinta segundos. Los casquillos de los proyectiles se desperdigaban por el suelo como raros insectos metálicos. Y mientras disparaba todo aquella descomunal munición, Drake estuvo un buen rato gritando «¡Yuju!».

La erupción de proyectiles de la Vulcano incluso había diseminado la nube de humo. Y unos centenares de impactos tuvieron lugar en el techo, provocando una lluvia de hormigón contra el suelo. Por un momento, Drake temió haber alcanzado el conducto de ventilación y, por extensión, el cuerpo de Karen.

— Dios mío, Karen... —dijo Ricco, pero nadie oyó sus palabras.

Mientras Drake ejecutaba el complicado proceso de recargar y refrigerar la Vulcano, Falcon y Ricco empezaron a ofrecer fuego de cobertura con sus automáticas, desde los flancos de Drake. Disparaban ráfagas cortas para contener el posible fuego terrorista. Con aquel ataque un tanto caótico pensaban que estaban mandando un mensaje muy claro: tenemos muchas armas, sabemos usarlas y es mejor que deis media vuelta y volváis por donde habéis venido.

Sin embargo, como dos fantasmas, dos figuras blancas saltaron desde el recodo del pasillo y se protegieron tras un par de columnas de hormigón, justo donde estaban las oficinas. Falcon y Ricco dispararon hacia allí, reventando los laterales de las columnas. Pero los cañones de las automáticas de los dos terroristas devolvieron el fuego, y ambos tuvieron que parapetarse. También Drake, que tuvo que dejar su proceso de recarga para saltar detrás del marco de la puerta.

Las esquirlas y los chispazos volaron por doquier mientras recibían el fuego de aquellas dos automáticas. Falcon y Ricco entornaban los ojos para introducir nuevos cargadores en los receptores de sus armas. Detrás del bidón vieron la mitad del cuerpo del doctor Burke, que había sido abatido.

—Necesitamos un milagro —masculló Falcon amartillando su arma—, ¿cómo lo llevas, Drake?

—Lo llevo —contestó Drake, que necesitaba unos segundos más para recargar el arma—, pero agradecería que, al menos, contemplarais el espectáculo. Byte, compañero, ¿podrías dejar de mirar a través de tu pantalla? Estamos en el mundo real, no en un videojuego.

Byte, en efecto, parecía absorto en su retropantalla.

—A veces las pantallas son más poderosas que la realidad —se defendió Byte—. Mira, y aprende.

Byte se había comunicado con SuperWASP, que justo entonces se elevaba de detrás de una mesa, aceleraba por el perímetro de la sala de oficinas y disparaba sus diminutos cañones. Eran armas de corto alcance, pero suficiente para abatir a uno de los terroristas que se había ocultado detrás de un armario, tras aquel intercambio de disparos. Super-WASP volvió a ocultarse tras un tabique.

—Mola —admitió Drake, guiñándole un ojo a Byte.

Los dos terroristas estaban recargando de nuevo sus armas, pero nunca llegaron a terminar el proceso: la Vulcano de Drake ya estaba de nuevo interpretando su orquesta sinfónica del dolor y, en pocos segundos, voló por los aires las columnas de hormigón y, de paso, los cuerpos de aquellos dos terroristas. Todo lo que había sido barrido por la Vulcano había quedado hecho trizas. Parecía confeti para una fiesta confeccionado con toda clase de materiales: hormigón, cristales, madera, metal y ropa.

Falcon solo pudo pronunciar tres o cuatro palabras malsonantes para expresar lo que había sentido al contemplar aquel espectáculo.

—Al menos han caído tres —dijo, aliviado.

—Ya no son nueve terroristas, sino seis —le informó Drake.

Pero las cosas estaban incluso más equilibradas de lo que creían. En la primera andanada de la Vulcano, otro terrorista había caído. Solo quedaban cinco, en realidad.

Si los disparos de los MP-5 con silenciador sonaban ahogados, como pinchazos, la pistola semiautomática que desenfundó Karen en ese momento tronó como un cañón: era una Desert Eagle Colt del calibre 44 mejorada que había obtenido de la Habitación THX. La levantó rápidamente y apuntó con la mira antes de disparar cinco veces. Los primeros impactos empujaron hacia atrás a un terrorista, y luego a otro, y a otro, como si un gancho invisible hubiera tirado de ellos a gran velocidad. Los cinco cayeron fulminados.

Karen había recorrido todo el conducto de ventilación, hasta ponerse detrás de los terroristas. A continuación, había fundido los tornillos de una rejilla. Había descendido cautelosamente desde el techo, antes de clavar los pies en las paredes del conducto para frenar un poco su descenso. Y, cuando aquellos cinco terroristas estaban de espaldas a ella, concentrados en sobrevivir al segundo ataque de la Vulcano, los había aniquilado limpiamente. Cinco disparos, cinco bajas.

—Menudo inventazo, el mecherito —musitó Karen.

De alguna forma que no sabían explicar, los cinco novatos habían sobrevivido a aquel ataque. Pero había alguien que sí sabía explicarlo. Y ese alguien era Byte.

#8

PrImer nIveL

Habitación de Grefg.
Hora local: 04.29 p.m.

Grefg levantó los brazos en señal de victoria.

—Dios, no me lo puedo creer. Hemos ganado. ¡Ha salido bien! ¡Los hemos reventado!

—Todavía no me creo que esto sea real —vaciló Alpha-Sniper.

—Ya, tío —le concedió Torete—, no tiene sentido. ¿Para qué van a ponerlo todo en YouTube? ¿Para que les ayuden simples jugadores?

—Te acabo de demostrar que no somos simples jugadores —le replicó Grefg.

—Vale, eres un crack. Entendido.

—Vete a la mierda. Ya has visto lo que ha pasado. La chica...

—Karen Chow —completó AlphaSniper.

77

—Eso, Karen. Karen Chow ha hecho un triple limpio, todo un headshot. Y mira la pasada que ha hecho Apon Drake con ese pedazo de ametralladora, estaba chetado a tope. Y ahora están saliendo los cinco con vida de la Habitación THX. Ese soldado llamado Joseph «Byte» Bishop ha confiado en nuestros consejos y ha salido bien.

—Ese Byte es un friqui —insistió Torete—. Un friqui como nosotros.

Grefg crispó los dedos, poniéndose tenso frente a la cerrazón de Torete:

—Bueno, y ¿qué? Es un friqui. Y por eso ha probado algo diferente que nunca se había hecho. Hemos echado mil horas al *Black Ops* y al *Modern Warfare*, algo debemos de haber aprendido. Ellos son noobs y nosotros también, pero nuestra alianza ¡ha funcionado! No seas Toritius.

—Vale, va...

—Implícate o sal de la partida. Tú eliges.

—Ok, ok. Me implico, ¿vale? Me lo tomaré como un nuevo nivel.

—O un mod muy realista —matizó AlphaSniper.

—Pues eso, un mod muy realista, con gráficos acojonantes, unos bots tan astutos que parecen seres humanos y... una batalla en la que gente de verdad puede palmarla si nos equivocamos.

Grefg estuvo a punto de prorrumpir en un grito acercando su boca al micro, pero Torete se le adelantó:

—Esto es una completa locura. Pero hacía meses que no me emocionaba tanto con una partida. Así que cuenta conmigo. Vamos a jugar a la partida Live más alucinante de nuestras vidas.

Grefg sonrió de medio lado, hizo crujir sus nudillos y se dispuso a teclear nuevos mensajes en el vídeo de YouTube que estaban emitiendo en streaming.

#9

La Habitación THX

White Angel, nivel -15.
Hora local: 09.29 a.m.

Los cinco reclutas, acompañados a una distancia prudencial por SuperWASP, habían abandonado la Habitación THX y todo aquel sector de laboratorios en los que eran un blanco fácil, y recorrieron a buen ritmo un pasillo iluminado por apliques halógenos situados a intervalos regulares. Finalmente, se resguardaron en una sala repleta de monitores de ordenador y grandes estaciones de trabajo.

Entre ellos se estaba produciendo una discusión muy parecida a la que en esos momentos tenía lugar entre los gamers de videojuegos FPS más célebres de España, a miles de kilómetros de allí.

—Espera, espera —decía Falcon mientras se movían, todavía con el corazón en la garganta—, quiero entenderlo.

—Es fácil de entender —replicaba Byte desplazándose a su lado.

—Me estás diciendo que has programado a ese dron para puentear una comunicación exterior y... ¿todo eso para tener una conexión a YouTube?

Byte se rascó la cabeza.

—Sé que suena un poco raro.

—¿Solo un poco?

—Vale, muy raro. Pero ten en cuenta lo siguiente: no sabemos hasta dónde llegaría la señal de alarma con las interferencias de los terroristas. Ni tampoco sabemos si ellos serían capaces de interceptar la señal. Así nadie sabrá lo que estamos haciendo.

—Eso es verdad, nadie. Tampoco el sargento Hicks. Ni la Armada. Solo millones de chavales en todo el mundo.

—Bueno, lo saben los gamers de YouTube, y la información no tardará en llegar a alguien de arriba. El vídeo ha tenido más de cien mil visitas en los primeros cinco minutos.

—Chavales que juegan a videojuegos —vaciló Falcon.

—Chavales como nosotros —repuso Byte.

—Que juegan a videojuegos.

—Los youtubers son un poderoso cambio de paradigma social —intervino repentinamente Drake, saliendo de su silencio perpetuo—, muchos de ellos tienen más seguidores que algunos famosos que salen por la televisión. La gente joven se fía más de ellos porque son como ellos, no son chavales fingiendo ser chavales leyendo el guion que les ha escrito un adulto para que parezcan chavales. La autenticidad es lo más difícil de encontrar en este mundo y los youtubers la tienen.

—Yo también juego —continuó hablando Byte. Tanto Falcon como Byte hicieron caso omiso del elaborado comentario de Drake, en parte porque no tenía mucho que ver con el quid de la conversación, en parte porque era tan inusual que Drake hilvanara frases tan largas que nadie le había prestado demasiada atención al contenido: sencillamente se habían quedado alucinados de que hablara tanto—. Los videojuegos son tan realistas que no se diferencian tanto de las maniobras en el mundo real. ¿Has visto el último *Call of Duty*?

—No, no lo he visto. Pero me pregunto por qué no hemos realizado este simulacro allí. Nos estaríamos ahorrando que nos dieran candela por aquí. Todos en casa de papá y mamá.

—Si no nos han matado de verdad es gracias a ellos —le recordó Karen.

—¿En serio estás con él? —dijo Falcon señalando a Byte como si fuera un extraño.

—No sé con quién estoy —explicó Karen—, pero estamos en inferioridad numérica aquí abajo. Cualquier ayuda es buena y, a juzgar por lo que ha pasado, esa ayuda venida de YouTube ha sido más que buena. Los gamers se han fijado en cómo habíamos vencido a nuestros dos primeros enemigos, en el nivel 0, y sabiendo lo bien que se nos dio rodear al enemigo, decidieron usar la misma estrategia. Están visionando y analizando todo lo que hacemos una y otra vez para ayudarnos. Se dan cuenta de cosas que nosotros no vemos. Y no sabemos cuánto tiempo tardarán en venir a rescatarnos.

Falcon asintió dubitativo, necesitaba algo más para convencerse del todo. Y eso estaba a punto de pasar.

Al llegar a una curva, Byte se adelantó, hizo el gesto de despejado al resto mientras apuntaba con su arma a la siguiente curva. De nuevo estaban siendo asesorados por los gamers, que de alguna manera habían obtenido planos de White Angel y les estaban dirigiendo hacia un montacargas que conectaba directamente con el hangar del nivel 0.

La ventaja de tener a tantos jugadores al otro lado es que todos podían ver los vídeos que grababan cada uno de ellos, desplazar la línea temporal para visionar acontecimientos ya pasados o incluso darle al «pause» para fijarse en detalles que pasarían desapercibidos al ojo humano. No solo estaban Grefg y sus colegas colaborando con ellos, sino también gamers de otros países que sabían hablar en inglés. La información táctica que les iban facilitando resultaba inestimable en un momento crítico como aquel.

#10

UN SHOW DE AUDIENCIA MILLONARIA

YouTube.
Sin hora local.

Aquella colaboración 2.0 había empezado hacía muchos minutos antes, cuando Byte había comprobado las comunicaciones con el exterior a través de una terminal de White Angel.

Cuando comprobó que SuperWASP tenía su propio protocolo de wifi, enlazó con el wifi de los equipos de comunicación de sus compañeros y el suyo propio. Puenteando esos nodos, estaba enviando directamente a los discos duros de YouTube la más clara prueba de que estaban siendo atacados. No pasaba nada si nadie importante veía esas imágenes: habría tantos miles, millones de usuarios que las verían que, en poco tiempo, la noticia llegaría a todos los rincones del mundo.

Y así fue, incluso la Casa Blanca quedó advertida de que aquel simulacro se había convertido en una misión real, y que dicha misión se había transformado en algo así como un show televisivo de audiencia millonaria.

Aquello les había puesto en jaque. Mientras decidían qué acciones tomar, haciendo despegar los cazas y movilizando una unidad de Navy Seals, se pusieron en contacto con los reclutas a través de los comentarios de los vídeos de YouTube, tratando de destacar entre los otros cientos de comentarios de los gamers, los trolls y los simples curiosos.

Cuando Byte les respondió sobre cuál era la situación, cientos de gamers de decenas de países del mundo ya participaban activamente de la misión de esos cinco reclutas. De hecho, muchos parecían sentirse identificados con ellos. Y, para prestarles ayuda, un gran número de gamers examinaba sus vídeos con detenimiento para encontrar brechas de seguridad, posibles soluciones tácticas y un largo etcétera. De esta forma conseguían recibir los mejores consejos. Era un fenómeno similar al que tiene lugar en la redacción de Wikipedia: miles de personas coordinadas habían concebido colaborativamente, sin recibir ni un euro por ello, una de las enciclopedias más completas de la historia.

El Pentágono.
Hora: 01.30 p.m.

Se había reunido un operativo de emergencia para dar solución a aquella crisis. Miembros del alto tribunal militar con una hoja de servicios plagada de misiones con videovigilancia se habían reunido en comité de crisis para sopesar la situación. Todos ellos habían trabajado en misiones que requerían, de una forma u otra, el uso de las nuevas tecnologías militares de vídeo. Pero la incursión de Youtube, la plataforma de vídeo más democrática y menos secreta del mundo, les había dejado fuera de combate. No tenían armas para enfrentarse a esta crisis. Y para eso estaban ahí, en la War Room del Pentágono, reunidos para decidir cómo actuar frente a un evento inédito en la historia de los conflictos: se mezclaba realidad y videojuegos, militares y civiles, un escenario de combate con un vídeo de YouTube. Y miles de personas viéndolo todo.

—La señal lleva emitiendo unas dos horas. —Planteó la situación una de las tenientes con más galones en la solapa—. El número de posibilidades de que sea descubierta es exponencial cada minuto que pasa. Es el momento de tomar una decisión.

—Si contactamos con YouTube, podríamos eliminar el vídeo en menos de quince minutos —intervino uno de los altos cargos, más partidario de dar por terminado el tema que de estudiarlo con ojos nuevos—. Crisis zanjada.

—Pero eso nos dejaría también a nosotros sin señ... —iba a apostillar la militar cuando, de pronto, una voz interrumpió la suya.

—Señores, pido permiso para hablar. —La voz provenía del fondo de la sala.

El gran comité militar y la sala en pleno se quedaron desconcertados ante aquella interrupción. Alguien de la sala se había atrevido a detener una deliberación en curso. No

solo eso, alguien que ni siquiera estaba en la mesa de decisiones. Alguien más bien con pinta de becario y bastante aspecto de nerd.

—Recluta Martínez, señor. División de contrainteligencia y análisis. Permiso, señor.

Los miembros del comité se miraron unos a otros, desconcertados. Finalmente, uno de ellos alzó la voz:

—Adelante, hable. Le escuchamos.

—Estamos ante una crisis de naturaleza desconocida, así que vale la pena probar una estrategia desconocida.

Si el desconcierto hubiera sido mayonesa, en la sala podría haberse hecho una ensaladilla rusa capaz de entrar en el Guinness de los récords. El ambiente estaba tenso, pero aquella intervención pareció haber picado la curiosidad del Alto Mando:

—Sugiere que no hagamos nada por cortar la emisión —apostilló la teniente, intentando interpretar lo que el recluta quería decir.

—El vídeo ya existe, seguramente ya hay copias —replicó el joven analista.

—Muchacho, creo que no es consciente de la gravedad de la situación —le interrumpió el teniente con malas pulgas—. Esos críos de internet son civiles, se han colado en lo que creen que es una discoteca pero que tiene pinta de terminar pareciéndose más a una carnicería. Y los que están en el vídeo son nuestros muchachos. Y no son muchachos cualesquiera. Se están preparando para formar parte de los SEAL. Los SEAL es un grupo de operaciones de la Armada que significa Sea, Air and Land. Están entrenándose para combatir en esos medios. Dígame, ¿en qué medio están entrenados esos mocosos civiles?

El joven analista reflexionó unos segundos antes de responder.

—En videojuegos. Y tienen muchas más horas de vuelo que nuestros muchachos, si estamos hablando de experiencia. Por lo que parece hasta ahora su nivel de táctica es extremadamente bueno y su análisis de las imágenes les está dando un punto de ventaja que han sabido aprovechar estratégicamente. Si consiguen darles las órdenes correctas, y nuestros hombres llegan a convertirse en SEAL, tal vez esos civiles hayan tenido mucho que ver en ello. Tal vez los SEAL deberían empezar a llamarse SEALY: Sea, Air, Land and YouTube.

—O SEALV —añadió otro analista que no veía tan descabellado dar vía libre a aquella operación—, Sea, Air, Land and Videogames.

—Caballeros, no es hora de discutir siglas ni terminología. Es cierto que el vídeo les da una ventaja táctica que no podemos perder. —Parecía que había alguien al volante en aquella reunión, la teniente empezaba a ver claro que no podían perder su activo principal—. No eliminaremos el vídeo, solo lo volveremos oculto para la mayoría. Vamos a colaborar con ellos.

—¿Señor? ¿Con esos mocosos?

—Son gamers —matizó el joven analista.

—No solo son gamers, son gamers españoles. Algunos de ellos tienen más influencia que muchos políticos de nuestra generación —apostilló el primer analista—. Sus nombres son alias, entre los cuales se encuentran los alias de TheGrefg, AlphaSniper97 o Thetoretegg1.

»Los gamers dominan estrategias y, además, han conquistado mundos. Un nuevo universo tanto o más grande que el nuestro: el juego *The Elder Scrolls II*, por ejemplo, permite desplazarse por un área de 163.492 kilómetros cuadrados. Un tamaño tan descomunal como el mapa de *GTA V*. Y no digamos ya *Minecraft*, que incluso había propiciado que un youtuber dedicara diariamente unas horas a avanzar en línea recta con el objetivo de alcanzar algún día el final del mapa. De momento, ya ha recorrido unos dos mil kilómetros virtuales.

—Colaboraremos. —Con una orden tan clara, la teniente dio por zanjado el comité de crisis.

Cuando el Alto Mando exigió a Byte que tornara oculto ese vídeo para que dejaran de verlo todos los usuarios de internet, Byte accedió solo a cambio de una cosa.

Que aquellos gamers que les habían prestado ya su ayuda pudieran seguir accediendo a él. El Alto Mando tuvo sus dudas antes de proceder de aquella manera. No era buena idea que civiles se implicaran en una operación militar, y menos aún personas cuya única experiencia en el campo de batalla se limitaba a los videojuegos de guerra. Pero Byte dijo que solo haría privado el vídeo bajo esas condiciones.

«Roger», escribieron en un comentario de YouTube.

Sin embargo, el Alto Mando había estado discutiendo durante minutos la conveniencia de aquella idea totalmente irresponsable. Y, mientras lo hacía, ocurrió otra cosa que les convenció de que Byte quizá sí tenía razón y que los gamers poseían ciertas aptitudes que habían pasado desapercibidas para la Armada.

El joven analista de aquel comité de emergencia era también gamer en sus ratos libres, pero no tenía tiempo ni ganas de convencer a aquel teniente de las virtudes de un experto en videojuegos, así que, mientras se llevaban a cabo las acciones pertinentes, se dirigió a dos de los asistentes que mayor apoyo le habían prestado en su anterior exposición.

Una becaria que estaba tomando nota de todo el operativo en un informe entero, se atrevió también a intervenir, pues su novio había participado como profesional en algunos torneos de videojuegos:

—Y además pueden ganar mucha pasta. ¿Sabíais que en el Torneo de *Call of Duty Black Ops 3* del año 2016 en Los Ángeles otorgaron dos millones de dólares al equipo EnVyUs? Quién los pillara...

Diego Ricco, por su parte, no confiaba demasiado en aquella estrategia de colaboración 2.0. Su única experiencia con los videojuegos era haber terminado con tendinitis después de media hora. Además, un hombre entrenado para matar y manejar armas cortas no podía evitar sentirse un poco ridículo jugando a la Wii. Pero pronto tendría fe en ellos, como todos los demás que se habían mostrado escépticos frente a las posibilidades de un equipo de gamers perfectamente coordinado.

#11

ESTraTeGIa 2.0

Habitación de Grefg.
Hora local: 04.49 p.m.

Grefg empezó a aporrear en el teclado cuando vio en sus dos pantallas situadas una junto a la otra que los cinco reclutas estaban protegidos tras mesas y aparadores, recibiendo fuego continuo desde múltiples blancos. Eran demasiados terroristas ocultos en diferentes lugares, tanto a derecha como a izquierda, tanto cerca como lejos. Era imposible levantar la cabeza sin que te la volaran.

—Están jodidos —dijo AlphaSniper a través de su micro—. Esos terroristas son unos camperos.

Pero Grefg no le oyó, estaba concentrado en estudiar el escenario de la batalla. Se había colocado en la cara unas gafas de realidad virtual y movía su cabeza de izquierda a derecha observando las oficinas desde las distintas cámaras de los reclutas. Superordenadores tras una mampara de cristal, terminales numéricos y pantallas de datos. También había desperdigadas algunas cajas de plástico traslúcido...

Sin embargo, la información era muy limitada. Nada más llegar a esa amplia sala de más de trescientos metros cuadrados de extensión, las llamaradas de las automáticas habían brotado de, al menos, cinco o seis puntos distintos. Todos aquellos terroristas estaban muy bien parapetados, fundidos casi con el mobiliario.

—Malditos camperos —masculló Grefg.

Desde el mismo momento en que los reclutas se habían echado a tierra tras un aparador para evitar la lluvia de balas, lo que registraban las cámaras solo era el suelo y las paredes. No podía conocer más detalles del enemigo en aquella posición, y los pocos segundos que habían quedado grabados en el vídeo durante la llegada a ese escenario eran insuficientes para confeccionar un plano realista de la situación.

—¿Qué hacemos, Grefg? —insistió Torete—. ¿Retrocedemos?

—Espera, espera —exigió Grefg que, sin quitarse las gafas de realidad virtual, se levantó de la silla y empezó a girar sobre sí mismo, conectado a la cámara de SuperWASP—. Que alguien escriba en los comentarios que SuperWASP realice un vuelo rápido de reconocimiento.

SuperWASP era más un dron de exploración y defensa

que de ataque. Su estructura era muy frágil. Una simple ráfaga de subfusil podía derribarlo. Por esa razón, SuperWASP
era muy precavido y se mantenía a cubierto, detrás de un
tabique, a un par de metros sobre el suelo.

—No va a salir —señaló AlphaSniper—, se lo van a cargar.

—¡Sí va a salir! —exclamó Grefg.

—No va a salir...

—Es *fucking* importante que salga. ¿Se te ocurre algo
mejor?

—No... pero no va a salir. Ese dron no es lo suficientemente rápido.

—Sí lo es, y casi no hace ruido. Cuando quieran darse
cuenta, ya habrá cruzado los cincuenta o sesenta metros
que le separan de la otra pared. Y no tiene que ser muy rápido, porque necesitamos que disparen todos los puñeteros
camperos que están ahí escondidos.

—¿Te recuerdo una cosa?

#12

EL CeBO

White Angel, nivel -15.
Hora local: 09.49 a.m.

Byte ordenó a SuperWASP que hiciera un vuelo circular de reconocimiento y se cubriera a continuación en la pared del otro extremo de la sala, tal y como había leído en los comentarios de YouTube. Tenía sentido. Su ventaja táctica residía en la información que aportaban los vídeos minuciosamente examinados por los gamers, y SuperWASP era el único que portaba una cámara lo suficientemente pequeña como para resultar un blanco difícil además de tener una visión más panorámica de la escena. Podía ser un buen cebo.

Sin embargo, Byte también estaba de acuerdo con la apreciación del otro gamer, de nombre AlphaSniper. Si derribaban a SuperWASP, cabía la posibilidad de que se averiara su emisor de wifi, que se dejara de emitir vídeo en streaming a través de YouTube y, en definitiva, que todos volvieran a quedarse a oscuras.

—Todavía no me creo que el Alto Mando no intervenga en esta locura —dijo Falcon.

—Te aseguro que lo han intentado —le informó Byte—, pero la única manera que tienen de hacerlo ahora es mediante la escritura de un comentario. Como todos los demás. Además son muy lentos, mientras discuten si deben o no abortar una operación, ya la hemos llevado a cabo entre todos.

—Vale, entonces nos dejan participar en esta locura porque somos demasiado rápidos.

—Algo así. Y más vale que lo seamos. Aún faltan al menos cuarenta minutos para que lleguen los refuerzos.

«Aborten, aborten. La prioridad es mantener el vídeo. Repito, aborten la operación. Repliéguense y esperen refuerzos. Tomen posiciones en...»

Pero el mensaje nunca fue enviado, porque iban a hacerlo y lo hicieron. Grefg tenía tanta confianza en que saldría bien que...

—Estoy dispuesto a comer limones si me equivoco. ¡Lo prometo! Si derriban a SuperWASP, me zampo una bolsa de limones que guardaba para mi próximo reto de los limones. —No era el mejor momento para un reto de esas características, pero la risa ayudaba a TheGrefg a capear la situación.

—Eso es muy radical —dijo AlphaSniper—, mejor te comes un limón por cada tiro que reciba SuperWASP.

—¿Por cada tiro? —titubeó Grefg, sabedor de que era muy probable que el dron recibiera al menos uno o dos impactos.

—Cada tiro. ¿Aceptas o no?

Grefg dudó unos segundos...

—¡Acepto! Que empiece el reto...

Grefg recibió el apoyo de sus colegas: comerse una bolsa de limones era un riesgo que Grefg no iba a asumir a la ligera, pero comerse un limón por cada impacto era propio de valientes. Y Byte confió en ellos y, de esa forma, quiso demostrar a Falcon que no se equivocaba, y que los gamers podrían prestarles una ayuda inestimable. Envió las órdenes a SuperWASP.

Por un segundo, la inteligencia artificial de SuperWASP estuvo a punto de contravenir la orden porque aquello parecía un suicidio.

—Creo que prefiero irme a casa —dijo con su diminuta voz metálica, demostrando que también estaba programado para hacer chistes en situaciones de tensión.

Acto seguido, aceleró sus rotores, emitió su característico zumbido de mosquito y salvó los sesenta metros hasta la siguiente pared a una velocidad media de catorce kilómetros por hora. Lo suficientemente rápido para evitar los disparos. Lo suficientemente lento para que todos los terroristas descubrieran sus posiciones. Para asegurar esto último, cuando ya había cubierto la mitad de la distancia, SuperWASP disparó sus cañones contra el final de la sala.

Aparecieron varias cabezas, seguidas de cañones, y también algunos cañones sin que previamente hubiera aparecido la cabeza que los dominaba. En breve, las ráfagas de SIG-Sauer P-228 llegaron de todos los lados. La pared del fondo, la que estaba recorriendo SuperWASP, quedó tan agujereada que estuvo a punto de derrumbarse. Todas aquellas armas, cada una de las cuales disparaban seiscientas balas por minuto, prácticamente vaciaron sus cargadores.

Milagrosamente, SuperWASP logró alcanzar la pared en la que guarecerse. Sin embargo, justo antes de llegar, dos proyectiles atravesaron su frágil fuselaje. SuperWASP trastabilló en el aire, ejecutó un giro excéntrico, sobrevoló un armario sin estrellarse contra él por apenas unos centímetros, y finalmente quedó derribado en el suelo. Los rotores habían dejado de girar.

Los cinco reclutas contuvieron el aliento. Si SuperWASP había caído, su emisión por YouTube también lo habría hecho. Y eso significaba que estarían solos. Y que su única compañía sería aquel enorme grupo de terroristas que estaban deseando abrir fuego.

#13

ALIENTO CONTENIDO

Habitación de Grefg.
Hora local: 04.59 a.m.

Grefg le dio un puñetazo tan fuerte a la silla que se hizo daño.

Estaba de pie justo en el centro de su habitación. Todavía llevaba las gafas de realidad virtual puestas. Había contemplado en primera persona la caída de SuperWASP, como si él fuera el herido. ¿Se había equivocado con su estrategia? ¿Se había pasado de listo? Al fin y al cabo, ¿qué podía hacer un gamer en una batalla de verdad...?

—¿Qué ha pasado? —musitó.

—Creo que la hemos cagado —concluyó AlphaSniper.

Sin embargo, el vídeo de SuperWASP continuaba emitiendo. Y también los vídeos de los reclutas. ¡Todo funcionaba! Habían alcanzado a SuperWASP, pero su emisor estaba intacto. De hecho, sus rotores empezaron a funcionar justo entonces y, con un vuelo errático, de pájaro herido, se protegió tras la pared, para volver a realizar un aterrizaje forzoso. SuperWASP estaba bien... O casi.

—¡Sí! —exclamó Grefg—. Si tuviera tiempo, me besaría a mí mismo.

Pero no había tiempo que perder. Grefg empezó a revisar el vídeo de aquel vuelo de SuperWASP a cámara lenta, localizando todos los blancos. Uno, dos, tres... cuatro, cinco, seis, siete... no le parecieron claros los demás blancos. Volvió a pasar el vídeo adelante y atrás, varias veces, moviendo la cabeza para descifrar bien el ángulo exacto de cada ráfaga de disparos. Incluso llegó a distinguir la cabeza de un terrorista que no había disparado, pero que permanecía oculto, preparando quién sabía qué: ¿tal vez alguna carga explosiva de amplio alcance?

Grefg dio un salto sobre su silla, como si se hubiera subido a un caballo dispuesto a cabalgar, se dio impulso con los pies, y la silla rodó a toda velocidad hasta la mesa. Y empezó a aporrear el teclado, describiendo con exactitud la localización exacta de cada campero.

—Cuando oigo el teclado de Grefg ir tan rápido, creo que en realidad no está escribiendo, sino dándole puñetazos al azar —señaló AlphaSniper con un tono de voz irónico.

—Estoy componiendo música, chaval —replicó Grefg sin dejar de teclear—, una puñetera sinfonía.

—Vale, Mozart, dales caña.

#14

cómo Hacer un TK

White Angel, nivel -15.
Hora local: 10.05 a.m.

Era el turno de Falcon. Mientras Ricco disparaba fuego de cobertura, Falcon se incorporó, puso una rodilla en el suelo, y apuntó con su rifle de francotirador. El cañón surgía entre las cosas que descansaban sobre el tablero de una mesa: el monitor, el teclado, el ratón, un cubilete lleno de lápices, una cajita para los clips...

Falcon amartilló, y Byte empezó a informarle de la posición de cada blanco con la máxima precisión posible. A las 13, detrás del pilón. A las 11, detrás del armario. Justo al lado, en la parte baja del dispensador de agua. Y Falcon apuntaba con precisión y apretaba el gatillo.

Era la primera vez que usaba aquel rifle, pero no era la primera vez que disparaba con un rifle de francotirador. Lo que descubrió enseguida es que su puntería parecía mejorar con él. El rifle desarrollado por White Angel apenas tenía retroceso, y su peso era el idóneo y estaba perfectamente equilibrado. Pero lo más importante del rifle era su capacidad de penetración. Los proyectiles de aluminio acelerados electromagnéticamente eran capaces de atravesar cualquier cosa. Así que cada disparo de Falcon equivalía a una baja.

En menos de treinta segundos, Falcon había eliminado todos los blancos. Un total de siete terroristas. Tras la andanada, se hizo un silencio tan profundo que hasta se tornó incómodo. Byte elevó de nuevo la cabeza y echó un vistazo furtivo. Varios puntos estaban agujereados por los proyectiles de aluminio. Brotaba humo de alguno de los puntos. Y nada más. Nadie respondía al fuego. No había ningún movimiento extraño. El rifle se había quedado casi sin munición y estaba caliente al tacto.

—Te lo dije. —Le guiñó el ojo a Falcon.

Falcon no podía creérselo.

Aquellos terroristas, recurriendo al argot de los gamers, habían hecho un glorioso TK, es decir, un Team Killer: habían matado a los de su propio equipo al revelar todas las posiciones disparando a SuperWASP.

—OMG —tuvo que admitir Falcon.

—Lol —le respondió Byte con una amplia sonrisa dibujada en sus labios.

—Vale, ahora que hemos demostrado que estamos en la

onda, salgamos cagando leches de aquí. No tardarán en venir más, y aquí estamos demasiado expuestos.

Falcon tenía razón, porque a lo lejos ya se escuchaban voces de mando y botas pisando el suelo.

#15

DOS LIMONES

Habitación de Grefg.
Hora local: 05.07 a.m.

—Dos impactos —señaló Torete.

—Lo siento, tío, dos impactos, dos limones —sentenció AlphaSniper con una voz que revelaba que estaba conteniendo una carcajada. Estaba contento de que todo hubiera salido bien, pero nada le parecía más divertido que las caras de Grefg comiendo limones.

Si bien era cierto que el plan de Grefg había funcionado y todos aquellos camperos habían sido neutralizados, SuperWASP había recibido dos disparos y, por muy poco, no había sido destruido. Lo justo era lo justo.

Con cara de pocos amigos, pero feliz por dentro, Grefg tomó un limón y le dio un generoso mordisco. Hizo una mueca de asco.

—Tíos, no me puedo creer lo ácido que está este limón. Parece que estoy mordiendo una batería de coche.

AlphaSniper, que estaba mirando el proceso a través de la webcam de Grefg, no pudo evitar estallar en carcajadas.

—Eso, tú ríete, pero el próximo reto de los limones lo harás tú. A ver quién ríe el último.

—De momento, me toca a mí reír.

—Vale, no importa, porque ¿sabes qué?

—¿Qué?

—¡Que he ganado!

Se oyó un golpe y unos cristales rotos a través del micrófono de Grefg.

—¿Qué es eso? —preguntó AlphaSniper—, ¿qué ha sido ese ruido?

—Mierda.

—¿Qué?

—Que de la emoción he cogido el tercer limón y lo he lanzado contra la pared para descargar adrenalina.

—¿Y?

—Que me he cargado el póster que me había hecho imprimir con el lema «Keep Calm And Watch Grefg».

—¿Otra vez?

—Otra vez, tío, exactamente igual que en el último reto de los limones. ¿Te lo puedes creer?

Todos sabían, tanto los gamers como los reclutas, incluso el Alto Mando, que aquella colaboración 2.0 se había afianzado y que iba a permanecer indestructible mientras que el wifi de SuperWASP continuara funcionando.

Falcon incluso le pidió a Byte que le enfocara con su cámara y, de viva voz, les agradeció a aquellos gamers los servicios prestados.

A Grefg casi se le saltaban las lágrimas. Era la primera vez que un soldado le daba las gracias por su juego. Y, por si fuera poco, el soldado era real. Grefg colocó su mano plana contra su sien derecha, imitando el saludo militar, y mirando la pantalla sonrió. Ya se había olvidado de su cuadro hecho añicos por segunda vez. Sí, *Keep Calm and Watch Grefg*. Era el mejor consejo que podía dar, y que podía darse a sí mismo.

—Estoy flipando —dijo Torete a través de su micrófono.

#16

Empieza la guerra 2.0

White Angel, nivel -15.
Hora local: 10.15 a.m.

Byte había rescatado a SuperWASP, y después de hacerle un par de arreglos en los rotores continuó volando a su lado.

—Eso me ha dolido más que una subida de tensión —dijo SuperWASP con su vocecilla metálica, demostrando que aún le quedaba sentido del humor: era evidente que los drones no podían sentir dolor.

Todos continuaron adelante, más confiados que nunca. Ahora no solo tenían armas futuristas, además tenían amigos gamers. La mejor arma.

Era la guerra. La guerra 2.0. E iban a ganarla. O, al menos, iban a resistir hasta que llegaran los refuerzos. Aquellos terroristas ya habían causado demasiados daños. Fuera lo que fuese lo que querían llevarse de White Angel, Falcon aseguró que nunca sería suyo.

El grupo se dispersó, tres por un pasillo, dos por el otro, sabiendo que se reencontrarían en un punto situado más adelante. Ahora que disponían de mapas del complejo, todo era más fácil.

—Recordad, el objetivo es el montacargas —informó Byte.

—Mientras estemos aquí abajo, estaremos atrapados —convino Falcon—, así que empecemos a dar guerra.

Las armas disparaban por doquier. Zigzagueaban esquivando ofensivas, rodeaban unidades para tenderles emboscadas. Lograron vencer a un cabo lancero que estaba en muy buena forma y tenía una puntería increíblemente certera. Las granadas explotaban en diferentes estancias. Poco a poco, los reclutas novatos iban familiarizándose con sus nuevas armas, que cada vez manejaban con mayor soltura.

Desde internet, los gamers estaban sometidos a una presión similar. No se permitían ni un segundo de descanso... bueno, salvo unos diez segundos que dedicó AlphaSniper a ir en busca de un refresco. A través de Skype, sus mensajes iban y venían como si fueran un centro de mando militar:

«Tíos, esta base se parece mucho a aquella pantalla de COD.»
«Deberían ir por aquí.»
«Habéis jugado demasiado al GTA.»
«Ese es muy pro, cuidado.»

«¡Pawned!»

«Está bugueado.»

«¡Hay lag!»

Mientras los reclutas combatían, los gamers estaban al otro lado de la pantalla. No podían gobernar sus movimientos a través de un pad o un joystick, pero, con sus comentarios, iban influyendo en el devenir de la acción. Era como ver una película en el cine, cuyo argumento se iba modificando a medida que la comentaban.

—¡Aaaaaalto! —Todos se detuvieron en seco a un grito de Grefg.

Habían llegado por fin al montacargas. Pero en el silencio que siguió, se oyeron unas pisadas. Alguien se les había adelantado.

Siete soldados vestidos de negro con anagramas rojos en la espalda corrían por el pasillo. Sus botas resonaban en el suelo. Era los hombres de la unidad Eco. Empujaban una enorme caja de metal que se desplazaba sobre un palé con ruedas. La caja tenía unos extraños grabados en la superficie que le conferían un aspecto vagamente alienígena. Como si fuera el ataúd de un marciano de tres metros de altura.

Frente a ellos marchaba una mujer.

Se dirigían, como ellos, a la plataforma elevadora hidráulica, pero lo hacían desde otro pasillo diametralmente opuesto. Aquella plataforma hidráulica era un enorme montacargas que, en ese instante, alcanzaba el nivel -15. El montacargas crujía sonoramente a medida que descendía. Se abrieron las puertas con un chirrido. En su interior aguardaban tres terroristas más subidos a un tractor que ronroneaba lanzando volutas de humo negro por su tubo de escape vertical.

Los cinco reclutas se detuvieron en seco y se parapetaron en el recodo del pasillo.

#17

LIVY

Habitación de Grefg.
Hora local: 05.33 a.m.

Grefg y sus compañeros estaban agotados después de aquella larga contienda en la que debían tener mil ojos. En más de una ocasión les hubiera gustado poder controlar el movimiento o los disparos de alguno de aquellos reclutas, porque estos no siempre actuaban con la pericia esperada. Se devanaban los sesos en busca de un plan. Necesitaban una maniobra de distracción. Pero aquello no era tan fácil como jugar desde los mandos: no era lo mismo apuntar y disparar desde la comodidad del sillón que estar en un combate de verdad, agotados física y mentalmente, sujetando armas que pesaban como sacos de patatas... y sabiendo que podías morir al más mínimo error.

Aquella mujer que estaba lazando órdenes en ruso a los

terroristas parecía la líder del grupo. Uno de los terroristas la llamó por su nombre, Livy.

Grefg no llegaba a distinguir las facciones de la mujer, pero parecían cinceladas en diamante: tanto por su belleza como por su dureza.

—Tíos, ¿quién es esa? —preguntó Grefg a través de Skype.

—No sé, pero parece que está buena —observó Torete.

Grefg escribió en los comentarios de YouTube:

«No identificamos la cara de la líder. No podemos buscar más información».

Desde el Alto Mando Táctico, que había estado monitorizando el progreso de los reclutas asesorados por aquellos gamers, por primera vez decidieron tratarles con cierta igualdad. Escribieron el mensaje para que lo leyera Byte, pero sabían que también lo leerían los gamers.

«Identificación positiva. Livy Akhmetzyanova. Comando terrorista ruso ELECTRA.»

En pocos segundos, tanto Grefg como los demás recibieron un aviso de su buzón de correo. El remitente era el Pentágono.

—¿El Pentágono tiene mi correo? —TheGrefg estaba alucinando.

— El Pentágono lo tiene todo, tío —contestó rápidamente AlphaSnipper.

—Pues también es verdad.

De: United States Department of Defense / The Pentagon

Para: TheGrefg

Asunto: información clasificada.

Livy Akhmetzyanova se ha criado en los barrios más sórdidos de Moscú. Al cumplir diez años, su madre murió y su padre, de origen musulmán, hizo negocios oscuros con un grupo terrorista.

Tuvieron que huir de allí, y el único piso franco que obtuvieron se lo facilitó un antiguo colega de su padre, nacido en Brasil.

Con trece años, ya se había escapado de casa y se había convertido en la líder de un grupo de chicos que correteaban por las favelas de Río de Janeiro. Por aquel entonces se puso de moda la lucha de cometas, donde Livy siempre ganaba. La lucha de cometas consistía en embadurnar los hilos de las cometas con resina y, a continuación, los hilos se sumergían en cubos de cristales machacados. Los hilos quedaban entonces embadurnados de filos cortantes de cristales. Cada jugador manejaba una cometa y la misión consistía en cortar los hilos del oponente usando como arma el hilo propio. El hilo que antes se cortara perdía.

Ahora las malas lenguas aseguran que el corazón de Livy es más cortante que esas cometas. No es para menos, si tenemos en cuenta que su frase más repetida es: «Las mujeres son más fuertes que los hombres. Y yo soy más fuerte que las mujeres».

Se adjuntan imágenes más recientes del sujeto.

—Confirmado —dijo entonces Torete—, está muy buena.

—Confirmo —señaló AlphaSniper.

—Eh... por aquí también confirmamos —dijo Ampeta Metralleta.

—No me puedo creer que ese bellezón sea la mala de la película —musitó Grefg. Ahora Byte, y por extensión el resto de los reclutas, estaban al tanto de quién era su enemigo—. Y por cierto, ¿qué hace el Pentágono utilizando un gmail?

—No querrán comprometerse con un mail oficial, nunca querrán reconocer esta operación secreta. —Torete lo veía claro.

Mientras llevaban a cabo estas tareas, a través del audio de las cámaras de los reclutas les llegaban en sordina las voces en ruso de Livy y sus soldados. AlphaSniper usaba Google Translate para capturar el audio y traducirlo al español. Como los reclutas tampoco sabían ruso, copypasteó también las traducciones.

No todo lo que decían era comprensible, ya fuera porque las palabras llegaban desdibujadas por la distancia o porque Google Translate no era un perfecto intérprete del ruso, pero más o menos llegaron a entender que llegaban tarde, que se dieran prisa, que solo tenían veinticuatro minutos para evacuar White Angel, que desmontaran el dispositivo Frankenstein, que lo cargaran en el tractor, que rápido, rápido, malditos hombres débiles.

Google Translate tradujo entonces una de las frases más inquietantes...

—Chavales, esto es muy fuerte... —exclamó Grefg llevándose las manos a la cara—. ¿Habéis oído eso último? Dice que Oldenmeyer solo puede mantener la ventana abierta durante veinticuatro minutos. ¡Oldenmeyer!

#18

veinticuatro minutos

White Angel, nivel -15.
Hora local: 10.39 a.m.

A juzgar por lo que Byte leía y susurraba a sus compañeros no estaban frente a un robo, sino que, presuntamente, Nathan Oldenmeyer había dado acceso a aquellos terroristas para robarse a sí mismo el dispositivo Frankenstein. En realidad, debía de haber vendido aquella peligrosa arma experimental al mejor postor, y el mejor postor era el comando terrorista ELECTRA. Pero ¿cómo vender armas al enemigo sin quedar como un traidor a la patria? Exacto: fingir que te habían robado la pieza.

De esta maquiavélica forma, Oldenmeyer sería un poco más rico y, además, quedaría como una víctima inocente de ELECTRA.

VEINTICUATRO MINUTOS. Solo tenían veinticuatro minutos para abortar aquel plan maléfico, y todavía estaban allí abajo, frente a las puertas del ascensor.

Falcon apuntó con su rifle de francotirador y, con dos tiros limpios, abatió a dos de los soldados que estaban cargando el contenedor metálico sobre el tractor. Todos los terroristas dejaron lo que estaban haciendo y respondieron al fuego con sus automáticas. Livy rodó por el suelo, desenfundó sendas Uzi y disparó también hacia el pasillo.

Ricco quitó el seguro a dos granadas y las lanzó hacia el corredor. En pocos segundos, dos detonaciones ensordecedoras detuvieron el fuego, levantando una ligera columna de humo. Karen rodó a su vez por el suelo y vació su Eagle contra los terroristas, alcanzando a dos más, y regresó otra vez al parapeto que le ofrecía el recodo del pasillo.

Iban a dar paso al ataque masivo de Apon Drake y su Vulcano cuando las armas automáticas de los terroristas dejaron de disparar. Se produjo un silencio anormal. ¿Se habían ido? Y, entonces, sonó una voz fuerte y clara de mujer desde lo lejos. Tenía un profundo acento ruso.

—Habéis estado molestando desde que habéis llegado. No esperaba que fuera tan difícil acabar con vosotros. Nosotros felicitar. Sabemos apreciar la valentía. Pero nosotros tener dos RPG apuntando. No tener salida. Podemos acabar esto ahora. Si disparar aquí, Frankenstein entrar en estado crítico y ser peligroso. Podemos morir todos. Sobre nosotros almacén de plasma. Todo crítico si seguir disparando. ¿Querer morir?

Los gamers confirmaron a través de los planos que Livy tenía razón.

—Mierda, mierda, mierda —repitió Grefg.

—¿Encima de ellos hay plasma explosivo? —exclamó Torete.

—A tope. Cualquier explosión fuerte y, zas, a volar por los aires. Estamos justo en el punto más crítico de White Angel.

—Y ahora ¿qué hacemos? —preguntó Ampeta Metralleta.

—Tenemos que pensar rápido —intervino AlphaSniper—, esos terroristas siguen cargando a Frankenstein en el tractor. Van a salir de allí con él.

QUINCE MINUTOS.

Byte miró a SuperWASP y emitió un silbido para que se aproximara a él. Con órdenes claras y concisas, programó al dron para que se elevara a través del acceso a la rejilla de ventilación que en ese instante estaba abriendo Karen con su láser verde de mano. Si aquel truco les había funcionado en la Habitación THX, podía volverles a funcionar.

SuperWASP tomaría la delantera por el conducto, buscaría un buen ángulo de tiro desde alguna rejilla que quedara cerca de Livy, y vaciaría su munición sobre ella. Confiaban en que si derrotaban al líder, el comando terrorista abandonaría las instalaciones. O, al menos, eso es lo que esperaban.

—Cantad una canción en mi nombre si no regreso —dijo SuperWASP recurriendo de nuevo al programa de sentido del humor que tenía integrado en su diminuto cerebro electrónico. Alzó el vuelo por la rejilla abierta y aceleró a toda velocidad por el conducto oscuro.

DIEZ MINUTOS.

Y así lo hizo. Justo estaba sobre la cabeza de Livy, que lanzaba órdenes con las manos a su comando para que continuaran llevando la operación de carga de Frankenstein. Pretendía escapar de allí sin enfrentarse a aquellos reclutas. Confiaba en que eran novatos y no irían a por todas.

SuperWASP apuntó con gran precisión hacia el cráneo de Livy. Cuando la tuvo a tiro, se aprestó a disparar. En ese preciso instante un clic puso en evidencia que SuperWASP había quedado dañado en la última escaramuza y su sistema de mantenimiento no había advertido lo más importante: que su munición ya estaba casi a cero. Era el peor momento posible para darse cuenta. De sus cañones solo salieron dos proyectiles que apenas sirvieron para hacer saltar la rejilla por los aires. No fue suficiente para dar en el blanco. Solo una esquirla de metal había salido disparada hacia la sien izquierda de Livy, que ahora sangraba un poco. Y parecía muy cabreada.

Livy levantó su Uzi y vació el cargador sobre el techo de hormigón, llenándolo de agujeros. SuperWASP aceleró a toda velocidad, emergió por los restos de la rejilla maltrecha y se dispuso a salir de allí. Sin embargo, Livy había sido más rápida. De su muñeca izquierda surgió un cable de acero acabado en un gancho. El cable fue disparado por la fuerza de una pequeña detonación y el gancho cazó al vuelo al dron.

Livy tiró del cable y, sin apenas ofrecer resistencia, SuperWASP quedó al alcance de sus manos. Lo agarró por el fuselaje con una mano y por una de sus alas deltoides con la otra.

—Maldita летать —escupió Livy mientras examinaba a SuperWASP al tiempo que se restañaba la sangre de su sien izquierda.

Los cinco reclutas, al otro lado del pasillo, se miraron con cara de preocupación. Sabían que el plan no había funcionado. Y, además, SuperWASP, su única comunicación con el exterior, había sido capturado. En pocos segundos perderían el wifi. En pocos segundos ya no podrían emitir en directo el vídeo de aquella pesadilla en White Angel. En pocos segundos, perderían la valiosa comunicación con aquellos gamers que tan valiosa ayuda les habían prestado.

CINCO MINUTOS.

#19

¿querer espectáculo?

Habitación de Grefg.

Hora local: 05.44 a.m.

—¿Qué está pasando? —exclamó Ampeta Metralleta mientras el vídeo que emitía SuperWASP daba vueltas y más vueltas, enfocando el rostro de Livy, luego al resto de los terroristas, Frankenstein, el suelo, el techo y otra vez Livy.

—Nos han cogido —sentenció AlphaSniper.

—Está a punto de desconectar —terció Torete.

La imagen por fin se detuvo. La cara de Livy cubría toda la pantalla. Realmente, ahora que la veían en un primerísimo plano, debían aceptar que era una mujer muy atractiva. Su ceño fruncido evidenciaba que estaba muy enfadada, pero una ligera curvatura ascendente en la comisura de sus labios también sugería que estaba divirtiéndose. Que, para ella, todo aquello era adrenalina pura. Los gruesos labios pintados de rojo se ensancharon más. La sonrisa se tornó amenazadora, malévola.

—¿Querer espectáculo? —preguntó retóricamente Livy mirando a la cámara—. ¿Cuántos ser? ¿Cuatro? ¿Diez? ¿Toda la audiencia de Estados Unidos? ¿El mundo entero? ¿Querer diversión? Vosotros tener diversión. Mucha diversión.

Livy soltó una carcajada que congeló las facciones de Grefg, Ampeta Metralleta, Torete y AlphaSniper.

—Y yo garantizar que, luego, ir a por todos vosotros. A vuestras casas. Uno a uno. Bang, bang. —Al decir estas palabras, les miró directamente y, si no fuera porque era imposible, habrían jurado que les estaba viendo.

Grefg tragó saliva.

Rusia estaba muy lejos, pero... y ¿si la amenaza era cierta? Tal vez podría identificar a los usuarios que habían ayudado a aquella escuadra de reclutas novatos. Tal vez iría casa por casa, volando las cabezas de los implicados. Grefg no se podía creer que un comando terrorista llegara hasta su ciudad, hasta su barrio, hasta su casa, armado hasta los dientes, porque esas cosas solo pasan en las películas o los videojuegos.

Pero aquella mañana tampoco se habría podido creer que participaría activamente en la defensa de un centro de desarrollo armamentístico situado en la ciudad más fría de la Tierra. Ahora todo era posible.

—Chavales, no os preocupéis, esa rusa se va a comer todas sus palabras, una a una, y le van a sentar peor que mil limones.

—Vamos, dadle su merecido —jaleó AlphaSniper.

—¡A por ella! —terció Ampeta Metralleta.

Como si hubiera querido ofrecer el mejor espectáculo posible a la audiencia que les miraba a través de SuperWASP, Livy no neutralizó su wifi. Al contrario, estaba dispuesta a emitir en directo, para que todo el mundo viera cómo se apoderaba de Frankenstein. Aquella arma desincentivaría cualquier represalia, porque ELECTRA iba a convertirse en un comando invencible.

Livy miró al frente y elevó su voz para establecer un trato. Nadie más iba a participar, solo ella misma y el recluta que aceptara su desafío. Una pelea cuerpo a cuerpo, sin armas de fuego. Solo estaban permitidas las armas blancas. Mientras ellos pelearan, su comando no movería ni un dedo. Frankenstein continuaría allí, sobre el tractor que seguía ronroneando. Cualquier disparo, tanto de un bando como del otro, rompería la tregua. Y si la tregua se rompía y todos empezaban a disparar, cabía la posibilidad de que Frankenstein fuera agujereado y liberara su contenido. O que el plasma del nivel -14 entrara en estado crítico y explotara.

Todos podían perder si eso sucedía.

Pero si el recluta designado vencía en aquel duelo, ellos se marcharían por donde habían llegado. Sin Livy, su comando no tenía líder, y sin líder no tenían objetivos.

Era un trato desesperado. Pero, desde cualquier punto que se analizara parecía la única salida frente a aquella situación. Además, con independencia de la resolución, aquella pelea les haría ganar más tiempo. Tal vez los refuerzos ya hubieran llegado para aquel entonces...

—Esta tía es una psicópata —dictaminó Falcon.

—¿Se te ocurre otra cosa? —repuso Byte.

—Cualquier cosa es mejor que aceptar el trato de una psicópata. No podemos fiarnos de ella...

—Tal vez es una oportunidad entre mil, pero es una oportunidad...

—Byte, de verdad, has visto demasiadas películas...

—He estudiado Psicología y Criminología —dijo entonces Karen—. Sé cómo funcionan las mentes sociópatas como las de Livy. Está tan desquiciada que estará dispuesta a arriesgarlo todo en este duelo uno a uno, como en las justas de la Edad Media. Sé que ella lo necesita. Necesita demostrarle al mundo que es totalmente capaz de convertirse en una de las mujeres más poderosas de la Tierra. Y también sé que, dentro de esa maldad y esa locura, Livy va a respetar las normas impuestas. Al menos, al principio.

Y mientras Karen iba hablando en voz alta, se daba cuenta de que ella era la persona que debía hacerle frente. Quien mejor la comprendía.

Con aplomo, abandonó el parapeto del recodo del pasillo, avanzó con pasos largos hacia el comando terrorista, y por el camino liberó la Eagle de su cintura, dejándola caer contra el suelo. Se liberó también de su casco, que rodó por el pavimento, lo que emitió una serie de imágenes de vídeo caóticas procedentes de la cámara de vídeo con la que estaba equipado. Su manera de caminar era segura, pero el movimiento de sus caderas llamó especialmente la atención de Falcon, que justo en ese momento descubrió que siempre, sin saberlo, había estado enamorado de Karen.

Karen levantó las manos sobre la cabeza para demostrar que estaba limpia, que en su cuerpo ya no había ningún arma de fuego.

Livy sonrió como un depredador esperando a su presa. Soltó a SuperWASP, que elevó rápidamente el vuelo hasta situarse a unos metros de ella. Desde allí, registró con un plano cenital cómo Karen se aproximaba con paso firme hasta Livy. Se detuvo frente a ella. Ambas se midieron con la mirada.

—Encantada de conocerla, soldado —dijo Livy cerrando los puños y flexionando las rodillas hasta adoptar una postura ofensiva, situando el cuerpo lateralmente.

—Me llamo Karen Chow —le informó Karen, adoptando una postura similar, pero con las manos abiertas y los dedos ligeramente flexionados—, y voy a darte la paliza de tu vida.

#20

PeLea, PeLea

Habitación de Grefg.
Hora local: 05.52 a.m.

Grefg estuvo a punto de aplaudir de la emoción. O, quizá, era por los nervios. O una mezcla de ambas sensaciones. En cuanto empezó aquella pelea de titanes, amplió la imagen que retransmitía SuperWASP para no perderse detalle. Aquella no era una pelea entre dos chicas, sino una batalla entre el comando terrorista y la escuadra de reclutas, entre el Bien y el Mal. Si Karen perdía, perdía el mundo entero. Y ya podía ir rezando para que Livy no cumpliera su amenaza y se le apareciera una noche en su dormitorio con una de sus Uzi apuntándole entre ceja y ceja.

—Dios... —exclamó Torete—, esto es lo más alucinante que he visto en toda mi vida.

La pelea entre Livy y Karen dio inicio con un par de directos del puño de Livy, que erraron en su trayectoria, y con un codazo de Karen en los riñones de Livy, que se dobló de dolor.

Grefg aplaudió.

—¡Sí! ¡Toma ya!

Livy retrocedió dos pasos y volvió a sonreír. Le motivaba enormemente que Karen fuera tan rápida. Y, entonces, dio inicio la pelea de verdad. Livy se proyectó hacia delante, bajó el torso para evitar un puñetazo de Karen, y elevó el puño hacia arriba, pegándole de lleno en la mandíbula. Al primer puño le siguió el segundo, que dio entonces en la nariz de Karen.

—¡Dos ganchos seguidos! —exclamó AlphaSniper, que se había levantado de la silla sin poder controlar sus piernas.

Karen trastabilló, a punto de desmayarse, porque aquellos golpes habían sido muy certeros, pero sobre todo muy fuertes. Livy era mucho más dura de lo que parecía. Se restañó la sangre de la nariz, y cerró los ojos.

—Pero ¿qué hace? —gritó Grefg.

#21

Dura de pelar

White Angel, nivel -15.
Hora local: 10.51 a.m.

Antes de querer ingresar en la Academia, cuando Karen Chow solo contaba con once años fue a pasar un verano con su abuelo, que vivía en una casa en la montaña, en la provincia de Sichuan, China. Sus padres no tenían suficiente dinero para su manutención, y enviarla con su abuelo era una forma de repartir aquella responsabilidad.

Al principio, Karen no estaba de acuerdo con aquella mudanza forzada. No quería abandonar a sus padres, y mucho menos a sus amigos del colegio. Tampoco le hizo ninguna gracia aquel largo viaje en autobús cuando, al llegar, su abuelo la recibió con cara de pocos amigos y largos silencios incómodos. Sin embargo, a los pocos días, Karen empezó a descubrir que aquella dureza, en realidad, escondía cierta ternura.

Su abuelo quería que Karen se valiera por sí misma, que nunca tuviera que depender de nadie para sobrevivir. Según le dijo su abuelo una vez, lo que quería para ella era que fuera dura de pelar.

Por eso le enseñó a pescar y a construirse su propio refugio en el bosque. Y, sobre todo, le enseñó a luchar. No solo con el cuerpo, sino con la mente. La mente era más importante que el cuerpo en cualquier pelea. Una mente fuerte se traducía en un cuerpo fuerte, le repetía siempre su abuelo. Y también le dijo en más de una ocasión que los verdaderos ojos son los que nacen del espíritu. Y que tu mente es tu peor enemigo y tu mejor aliado.

Esa última frase tuvo mucho más significado cuando su abuelo le reveló que era ciego. Karen había sido incapaz de darse cuenta de aquella circunstancia: su abuelo se movía y miraba las cosas como si las viera de verdad. Y su abuelo le enseñó a mirar así, prescindiendo de los ojos y registrando la realidad con el resto de sus sentidos. Sobre todo, el oído y los cambios de la presión del aire que notaba a través del tacto de su piel.

Todos los días, durante más de cuatro horas, Karen aprendió de su abuelo diferentes técnicas de lucha, una mezcla de Kung Fu y la versión más moderna del Jeet Kune Do, el arte marcial creado por Bruce Lee. Al principio, usaba sus ojos, y aun así siempre perdía frente a su abuelo. Durante el primer verano, no consiguió tocarle. Cuando el verano terminó, pidió a sus padres que volvieran a enviarla el verano siguiente.

Durante el segundo verano, Karen tampoco logró tocar a su abuelo. El tercer año, después de largos entrenamientos físicos y mentales en el bosque, devolvió el golpe. Su puño se había hundido en el pecho de su abuelo, y este, lejos de quejarse, sonrió. Nunca había visto a nadie aprender tan rápido. Antes del quinto año, Karen ya luchaba de igual a igual con su abuelo inutilizando sus ojos con una venda.

Livy podía haberse criado en las calles más duras de Moscú y las favelas de Río de Janeiro, pero Karen había aprendido a luchar con los ojos del espíritu.

Falcon no podía creer lo que estaba presenciando. Nunca se había dado cuenta de aquel talento de Karen en toda su amplitud. No solo esquivaba los puñetazos y patadas de Livy, sino que era capaz de impactar en diferentes partes de su cuerpo, como si en vez de tener dos ojos cerrados, tuviera una docena de ojos muy abiertos, y la asesoría en tiempo real de los gamers a través de las cámaras de SuperWASP. Era el amor quien le había enseñado a luchar, no la rabia.

Los gamers asistían atónitos a aquella confrontación entre dos soldados perfectamente entrenadas, contemplando extasiados cómo sus cuerpos se movían gráciles, cómo se cimbreaban para esquivar un ataque o cómo rodaban por el suelo o brincaban por el aire para pillar desprevenido al atacante.

También se habían quedado detenidos como estatuas los terroristas que contemplaban aquella pelea. Era la primera vez que veían a su líder luchar con tanta energía. Era la primera vez que la veían en aprietos de verdad. Pero tenían la orden expresa de no intervenir. Si lo hacían, los reclutas que se parapetaban tras el recodo del pasillo podían abrir fuego y, entonces, ¡bum!, todos saldrían volando por los aires.

Tanto Karen como Livy empezaban a dar muestras de agotamiento. Jadeaban cada vez más, sus corazones palpitaban a gran velocidad bajo sus pechos. Cada vez cometían errores más graves. Y, a medida que transcurrían los segundos, aquel desgaste físico parecía afectar más a Karen, que estaba perdiendo posiciones frente a Livy.

Con todo, Livy también estaba empezando a agotarse físicamente, y quería vencer de una vez por todas a aquella mujer tan dura de pelar. Así que desenfundó dos cuchillos ligeramente curvados de su cinturón y se dispuso a contraatacar. Livy había empezado a hacer trampas. Eso animó a Karen: significaba que la rusa estaba desesperada.

Karen oyó el silbido de los cuchillos cortando el aire. Esquivó los primeros tajos, pero uno de ellos pasó muy cerca de su mejilla y, finalmente, cortó su hombro. Karen retrocedió, herida. Sintió que su abuelo, ya fallecido, estaba contemplándola. Apretó los dientes y tomó la SwordR que pendía de su cintura. Desenvainó y activó aquella catana electrostática, que emitió un ligero zumbido al tiempo que una leve luz azulada y chisporroteante iluminaba su rostro.

#22

como una skywalker

Habitación de Grefg.
Hora local: 05.57 a.m.

Al otro lado del mundo, Grefg no pudo evitar exclamar:

—¡Madre mía, estoy flipando... es como el sable láser de Luke Skywalker!

—Karen es como... Rey en *El despertar de la fuerza* —señaló Ampeta Metralleta.

—¡Total!

—¡Dale duro!

—Así, toma... ¡toma ya!

Se sentían como forofos vitoreando a su equipo de fútbol favorito. Karen usaba aquella catana a gran velocidad, conteniendo las cuchilladas de Livy. Al principio, lanzaba una ofensiva implacable, deseando poner fin al combate lo antes posible. Pero al recibir un tajo superficial en el antebrazo procedente del cuchillo de Livy, el dolor la enfureció todavía más y quiso alargar la pelea, regodearse en los golpes que iba a infligirle. Estuvo a punto de asestarle el golpe final, pero no lo hizo. Livy pensaba igual. Ambas adoptaron un patrón de lucha que les permitía golpearse sin derribarse, de modo que podían hacerse daño por más tiempo sin que ninguna de las dos perdiera el conocimiento.

Livy esquivó un par de mandobles de la catana electrostática, saltando hacia atrás, luego se impulsó lateralmente, su pie derecho pisó la pared, lo que le permitió rotar sobre su cuerpo y girar en el aire, lanzando una patada voladora contra Karen. Esta percibió el cambio de presión en el aire y se agachó. La pierna pasó silbando sobre su cabeza.

—Tíos, ¿alguien más ha visto a Trinity en *Matrix*? —preguntó Grefg recordando el también ceñido mono negro que vestía la protagonista femenina de la saga de los hermanos Wachowski. Pero sus compañeros estaban tan atónitos frente aquel combate que no acertaron a pronunciar palabra.

Alpha hacía rato que no se levantaba a por una dosis de cafeína, porque aquella escena era mucho más excitante que cualquier otra cosa.

Karen y Livy continuaban intercambiando golpes, enzarzadas en una interminable pelea que ninguna de las dos parecía capaz de ganar. Un codazo de Livy, sin embargo, alcanzó el labio de Karen, que empezó a sangrar. Pero Karen no abrió los ojos, se limitó a concentrarse y continuar lanzando mandobles y escamoteando todos los golpes y cuchilladas que propinaba aquella rusa sociópata. La SwordR y los cuchillos chirriaban al entrar en contacto.

Karen cada vez estaba más conectada con los ojos del espíritu y era capaz de anticiparse antes a los ataques de Livy, hasta que empezó a obtener la suficiente ventaja como para ejecutar diversas combinaciones de golpes en diversos puntos flacos de Livy.

—¡Toma combo a lo Mortal Kombat! —exclamó Grefg.

Finalmente, Karen hizo saltar por los aires primero un cuchillo, luego el otro, y los dos mandobles que ejecutó a continuación impactaron en el pecho y en la cara de Livy, que trastabilló a punto de desmayarse y caer al suelo tan larga como era. Seguramente en ese momento se arrepintió de su oportunidad perdida.

Todos levantaron los brazos en señal de victoria, gritando. Y, entonces, el grito se les congeló en la garganta, paralizados frente a la última maniobra de Livy. Había desenfundado una pequeña pistola Glock escondida en su tobillo, apuntaba a Karen y estaba a punto de disparar.

23

TIEMPO BALA

White Angel, nivel -15.
Hora local: 11.01 a.m.

Karen escuchó perfectamente el sonido metálico de la pistola de Livy, así como el clic del seguro. Sin pensarlo dos veces, y con un movimiento rápido de la mano, desenvainó el acelerador fisiológico R-LAW y se lo inyectó en el muslo izquierdo.

Livy apretó el gatillo. Y, entonces, todo empezó a transcurrir a cámara lenta desde el punto de vista de Karen. Como si estuviera en el fondo del mar. O como si la realidad hubiera quedado atrapada en un enorme contenedor de gelatina. Incluso los sonidos empezaron a sonar más graves y ahogados. Todo transcurría al ritmo del tiempo bala de la película *Matrix*, menos ella, que continuaba moviéndose a velocidad normal. En el mundo real, eso se traducía en que Karen era capaz de moverse hasta dos y tres veces más rápido de lo natural, y parecía adelantarse a los actos de los demás justo en el momento en que empezaban a tomar forma en sus cabezas.

Alimentada por aquel suero que aceleraba su fisiología, Karen esquivó el proyectil de la Glock moviendo ligeramente la cabeza a un lado. El segundo proyectil, desviando el hombro hacia la izquierda. El tercer disparo le rozó, pero tampoco dio en el blanco gracias a un rápido quiebro de cadera. El R-LAW convertía a los soldados en armas superaceleradas durante unos segundos, pero en el caso de Karen, que ya tenía sus reflejos muy afinados gracias al duro entrenamiento de su abuelo, los efectos del R-LAW resultaron prodigiosos.

Entonces todo se produjo a una velocidad tan rápida que, si parpadeabas, te perdías la mayoría de los detalles. Karen se aproximó a Livy, que quedó inconsciente tras un mandoble de catana en la mandíbula. Y mientras ejecutaba este golpe, esquivaba las balas, como si fuera Neo en aquella famosa escena de la película *Matrix*.

Se hizo entonces con una de las M-16, elevándola desde el suelo hasta su mano izquierda con un golpe de empeine en la culata, como si el arma fuera un balón, y apretó el gatillo. El resto de los terroristas saltaron por doquier, tratando de parapetarse tras mesas, mamparas y armarios. Otro grupo reculó por uno de los pasillos. Tres se ocultaron al otro lado del tractor, cuyo conductor ya había abandonado su cabina. Al dejar al tractor sin conductor, este empezó a moverse lentamente hacia delante, descontrolado.

Los últimos vestigios del R-LAW estaban siendo consumidos por el torrente sanguíneo de Karen, que cada vez se movía menos rápido. Pero eso no lo sabían. Era el momento de jugar en equipo. Hizo un gesto a su escuadra, y esta abandonó su refugio y se dirigió rápidamente hacia el montacargas. Mientras corrían hacia allí dispararon sus armas en direcciones diversas, cubriéndose las espaldas.

La M-16 que disparaba Karen hacia todas las direcciones agotó su cargador. La catana que chisporroteaba en su otra mano también parecía estar agotando su batería. No podía permanecer por más tiempo al descubierto, así que dándole uso al último acelerón fisiológico proporcionado por el R-LAW, lanzó las armas al suelo y corrió cuanto pudo para reunirse con su escuadra en el ascensor. Corría tan rápido que sus pies parecían no tocar el suelo. Casi se parecía al dibujo animado del Correcaminos.

Las últimas zancadas hasta alcanzar el interior del montacargas, sin embargo, ya fueron mucho más humanas: había dejado de ser una superheroína para volver a ser una chica normal. Su velocidad se había adecuado a su biología, y el R-LAW dejó de actuar en su organismo. El bajón anímico que experimentó entonces Karen le provocó un ligero desmayo. Falcon tuvo tiempo de cogerla al vuelo. Cuando alcanzó al fin el interior del montacargas, tras su último paso cayó como un peso muerto sobre los brazos de Falcon, que la sostuvo antes de que tocara el suelo.

—¡Arriba! ¡Arriba! —exclamó Falcon, consciente de que quedaban pocos minutos.

Apon Drake, que era el que quedaba más cerca del panel de control, pulsó el botón en el que ponía -0. El montacargas cerró lentamente sus puertas dobles, e inició su ascensión hasta el hangar principal de White Angel, entre crujidos y chirridos. Un segundo antes de que clausurara sus puertas, no obstante, SuperWASP se había colado en el interior con un rápido vuelo de colibrí.

Todos intentaban recuperar el aliento, ahora que por fin parecían a salvo.

Oyeron gritos en ruso, disparos e impactos de bala en la puerta, en primer lugar, y en el hueco del ascensor que quedaba bajo sus pies, más tarde. A pesar del riesgo que suponía disparar en esa zona debido al plasma del nivel superior, parecían preferir inmolarse antes de que pudieran escapar de allí. Pero estaban a salvo. Metro a metro, se fueron alejando ascendentemente de aquel comando terrorista. No sabían muy bien cómo, habían logrado burlar a un ejército ellos solos. Bien, para ser justos: ellos solos apoyados por un dron y un grupo de gamers situados en la otra punta del mundo. Sin olvidar las armas experimentales que les había facilitado el fallecido doctor Burke.

Estaban a punto de salir de White Angel. Solo dos o tres minutos, y toda aquella pesadilla habría acabado. Cuando regresaran al cuartel, sus compañeros no creerían el relato de su aventura, aunque dispusieran de grabaciones en vídeo desde el punto de vista subjetivo de todos ellos, incluido el del SuperWASP. Echarían unas risas en la cantina, bebiendo cervezas y recordando todas las veces que habían estado a punto de perder la vida.

Falcon pensó en su hermano. Seguro que estaría orgulloso de él cuando descubriera todo lo que había pasado en White Angel. Apon Drake pensó que, por fin, podría volver a casa durante unos días, y sobre todo surfear unas olas en Malibú. Byte se encerraría en su habitación para jugar durante horas a algún FPS, o quizá echara alguna partida en modo colaborativo con Grefg, mucho más seguro para la integridad física que el mundo real. Y Ricco se dijo a sí mismo que, después de aquella experiencia, iba a tomarse unas largas vacaciones con su perro Sting, quizá en alguna jungla perdida de México, cualquier lugar donde no hubiera wifi.

Karen recuperó el conocimiento y, al abrir sus ojos almendrados propios de Taiwán, lo primero que distinguió fueron los ojos azules estadounidenses de Falcon. Y por un segundo pensó que no era tan mala forma de despertar. Sonrió. Y Falcon le devolvió la sonrisa.

—Enhorabuena, Bruce Lee —le dijo Falcon atusándole su cabello corto y desordenado. Y Karen se ruborizó, y para disimular, se deshizo del abrazo de Falcon y se incorporó por sí misma.

Cuando al fin alcanzaron el nivel -0, las puertas del elevador se abrieron, dejando a la vista de la escuadra las gigantescas proporciones del hangar principal de White Angel. Todo estaba abandonado. ¿Dónde estaba el personal?

Abajo, amortiguados por la distancia, se oían disparos. Justo cuando los cinco abandonaron la plataforma, se cerraron de nuevo las puertas y el montacargas inició su descenso hacia el nivel -15. Los terroristas debían de haber pulsado el botón de llamada. Tenían entre tres y cuatro minutos para ganar distancia.

Pero Apon Drake dijo que no iban a huir sin más. Que saldrían de allí, sí, pero no sin antes dejarles un regalo a todo el comando que iba tras ellos. Como Drake no solía hablar, cuando pronunció aquellas palabras todos se vieron en cierto modo obligados a cumplir sus deseos. Además, no era tan mala idea. No había necesidad de destruir parte de White Angel, pero...

—Me gusta —admitió Falcon—, será como en aquella escena de McClane en el edificio Nakatomi. Cuando lanza el C-4 por el hueco del ascensor para dar un escarmiento a Hans Gruber.

—¿Qué? —preguntó Drake.

—*La jungla de cristal.* ¿No la has visto?

—Cuando tenía doce años y estaba en cama con varicela. Es una peli muy vieja. ¿Por qué?

—Pues deberías volver a verla, Apon —decía Falcon mientras reunía todo el C-4 que tenían disponible y lo sujetaban en un bidón de plástico que estaba allí cerca. El bidón estaba lleno de lo que parecía petróleo. Ayudaría a causar mayor caos—. Y no es vieja, es un clásico. Te encantará cuando la veas. Sobre todo esa escena. Pero te voy a hacer un spoiler. ¿Preparado?

Karen estuvo a punto de decir que no le parecía buena idea generar una gran explosión allí abajo. No sabían exactamente la ubicación del plasma explosivo del nivel -14, ni tampoco lo que pasaría si explotaba. Era cierto que estaban a mucha altura, pero ¿era suficiente?

—Creo que deberíamos consultarlo —intervino entonces Byte. Se refería a los gamers, que disponían de mapas detallados del complejo.

—Casi nos matan —replicó Falcon empujando el bidón hacia la puerta del elevador—. Y esa rusa me ha cabreado de verdad. Ella quería ser famosa en YouTube. Pues lo va a ser... porque va a ser la primera mujer que llega al espacio con un petardo de los gordos.

Diego Ricco simplemente se limitó a ayudar a Falcon, introduciendo su machete por la rendija de la puerta del montacargas para crear un hueco por el que meter sus dedos, hacer fuerza y, finalmente, con las manos ya dentro, empujar las puertas lo suficiente como para que pasara el bidón que había preparado Falcon.

—Agua va —vociferó Falcon asomándose al hueco del ascensor, y su voz causó un infinito eco a través del largo descenso hasta el nivel -15. Acto seguido empujó el bidón.

Silencio. Más silencio. Aquel objeto no tardaría en interceptar el techo del montacargas, que en esos momentos ya había alcanzado el nivel -15 y, probablemente, había abierto sus puertas para dar acceso al comando terrorista.

Y entonces, ¡BOOM! La detonación sonó lejana y sorda. White Angel tembló casi imperceptiblemente desde sus cimientos hasta el último de sus niveles. A la primera detonación le siguieron otras encadenadas, algunas menos intensas, otras mucho más, como si allá abajo un escuadrón de cazabombarderos estuviera soltando todo lo que tenía.

Los ecos de las detonaciones ascendieron por el hueco del ascensor como si fuera la tenebrosa voz ululante de un monstruo. La explosión generó una enorme bola de fuego, iluminando todo el hueco del elevador, que ascendió como una lengua infernal por el eje central. Todo se llenó de un calor sofocante, como si estuvieran asomados a la chimenea de unos altos hornos de fundición.

Ricco dejó que la puerta del montacargas volviera a cerrarse con su propia inercia, corrieron alejándose de allí, y la onda expansiva alcanzó el nivel -0, reventando la puerta. Los cinco estaban en el aire, en mitad de un salto hacia delante, cuando la onda expansiva les alcanzó y les proyectó diez metros por el hangar, hasta alcanzar un conjunto de cajas de madera que soportaron el impacto de sus cuerpos y se estrellaron.

La puerta del montacargas estaba doblada sobre sí misma en un amasijo de metal. Una columna de humo muy espesa emergía del hueco del ascensor. Los oídos de los cinco reclutas pitaban debido al estridente ruido generado por la onda expansiva. Sus articulaciones estaban doloridas. La primera en levantar la cabeza fue Karen.

—¿Estáis bien? —preguntó.

Cuando todos hubieron confirmado que estaban sanos y enteros, Falcon, con la cabeza y el pelo rebozado por astillas de madera, sonrió y dijo:

—No me digáis que no ha sido un gran fin de fiesta.

#24

MERMELADA DE FRESA

Habitación de Grefg.
Hora local: 06.19 a.m.

Para Grefg aquel no era un gran fin de fiesta. Después de tantas partidas al COD, Grefg sabía que el final no llega tan rápido, que siempre hay un nivel secreto extra, o un boss final, o un giro de los acontecimientos que pone las cosas muy feas. Sabía que, antes de cantar victoria, había que comprobar que todos los cabos sueltos estaban atados y bien atados. Y no lo estaban. Algo estaba mal. Muy muy mal. Karen Chow se había desprendido de su casco de combate provisto de una cámara de 360°. Así que Grefg pudo ver perfectamente todo lo que ocurrido en el nivel -15, justo antes de que se produjera aquella explosión.

El tractor que transportaba aquella vaina o ataúd de aire tecnológico que era Frankenstein había continuado avanzando lentamente hacia el cuerpo inconsciente de Livy. Al llegar a su lado, justo antes de que una de las ruedas delanteras le pasara por encima de una pierna, la otra golpeó contra un armario de metal abollado que había sido derribado tras la pelea. La rueda continuó acelerando y subió por un lateral del armario. El tractor se inclinó peligrosamente hacia un lado... y su carga, que todavía no estaba sujeta por correas y arneses, cayó al suelo, justo al lado del cuerpo de Livy.

El golpe en una esquina de aquel receptáculo abrió su tapa y originó una pequeña fisura por la que se desbordó un líquido rojo y viscoso que recordaba a la mermelada de fresa. El líquido se extendió por el pavimento y alcanzó el cuerpo de Livy, primero una pierna, luego la otra, luego la espalda, el cuello, la cabeza. Livy emitió un quejido y movió espasmódicamente el cuello. Su cara, al girarse, se hundió en aquel líquido espeso.

Grefg contempló horrorizado cómo Livy empezó a prorrumpir en alaridos de dolor. Aquella sustancia parecía estar colándose dentro de su organismo. Si la cámara insertada en el casco de Karen hubiera estado provista de un microscopio, Grefg habría descubierto cómo millones y millones de robots diminutos entraban en el torrente sanguíneo de Livy. Y, poco a poco, empezaban a controlar todas sus funciones biológicas.

Mientras Livy vociferaba y se retorcía en el suelo, impregnándose por doquier de aquellos diez o quince litros de mermelada de fresa, sus hombres la contemplaban desde lejos, sin saber cómo actuar, sin osar acercarse a ella. Y entonces todo explotó debido al C-4 que llegó hasta allí de la mano de Falcon. Y la cámara del casco de Karen dejó de emitir imágenes, dejando la pantalla con esa nieve típica de las televisiones sin sintonizar.

—Chicos —musitó Grefg a través de su micrófono—, tengo un mal presentimiento sobre esto.

25

GOLIAT

White Angel, hangar.
Hora local: 11.19 a.m.

Todos miraron el hueco del ascensor humeante, a unos treinta metros de distancia, cuando de su interior surgió un alarido humano que se mezclaba con los chirridos y crujidos del metal combándose y el hormigón resquebrajándose. Nada podía haber sobrevivido a aquella explosión, pero los alaridos y las carcajadas se oían cada vez más cerca, amplificados por el eco que generaban las paredes del hueco del elevador.

Un cuerpo se distinguía a lo lejos. Subía peldaño a peldaño la escalera de emergencia que quedaba paralela al hueco del montacargas. A pesar de que muchos de sus peldaños estaban retorcidos por la onda expansiva de la explosión, y algunos segmentos de la escalera sencillamente se habían desprendido de la pared, a aquella figura no le importaba.

Continuaba subiendo, saltando de peldaño en peldaño, como una araña gigante. Los ruidos metálicos de sus botas sobre el acero de la escalera sonaban aterradores.

Los cinco reclutas retrocedieron poco a poco, al tiempo que amartillaban sus armas.

Una mano se posó entonces en el borde de la entrada al montacargas. La mano era humana, sí, pero la piel no tenía el color característico del ser humano, es decir, ese tono rosáceo que era tan difícil de conseguir con los rotuladores o los lápices de colores. La mano tenía un color carmesí, manchado irregularmente de marrón oscuro. Como una mano en carne viva, ligeramente comida por la podredumbre.

Tras la mano vino el resto del cuerpo. Y todos contuvieron el aliento. También Grefg desde su casa, que a través de las cámaras de los reclutas distinguió la figura de Livy Akhmetzyanova, la líder del comando terrorista ELECTRA.

Su ropa estaba desgarrada. Una de las piernas, de hecho, estaba desnuda, lo que dejaba al descubierto el grado de deterioro que presentaba su piel. El pelo estaba aceitoso y pegado a las sienes. El rostro de Livy estaba desencajado, con la mandíbula más saliente de lo normal, como si hubiera sufrido un duro golpe en el mentón y se le hubiese hinchado con un preocupante hematoma. Los ojos refulgían de rojo, y su semblante reflejaba una ira infernal. Era como si ante ellos se hubiera materializado un zombi.

—Frankenstein —acertó a decir Byte con un jadeo en la

voz—, me lo está diciendo uno de los gamers que nos ha estado ayudando. Lo ha visto todo a través de la cámara del casco de Karen. Ha sido revivida por Frankenstein.

—El doctor Frankenstein —puntualizó Diego Ricco, que aún recordaba la lección del doctor Burke acerca de la frecuente confusión entre el doctor Frankenstein y el monstruo de Frankenstein.

Pero nadie le miró ni le recriminó que no era un buen momento para lecciones. La versión monstruosa de Livy tenía atrapados los sentidos de los reclutas. Entonces, movido por el pánico, Falcon levantó su pistola y apuntó a Livy. Disparó primero un tiro, dos, tres... y al ver que la mujer no caía, vació su cargador.

El cuerpo de Livy se había ladeado ligeramente, como si fuera a derrumbarse, pero enseguida se recompuso y clavó sus pupilas rojas en Falcon, irradiando rabia.

—Mierda —susurró Falcon mientras los agujeros de bala en el cuerpo de Livy parecían cerrarse suavemente—, me parece que esto es como dispararle al T-1000 de metal líquido de la peli *Terminator 2*.

Apon Drake pensó que había llegado su momento. Se adelantó, fijó sus piernas en el suelo, levantó la Vulcano y se dispuso a vaciar el cargador sobre el cuerpo de aquel zombi: si bien podía resistir los impactos de bala de una pistola, seguro que no podría sobrevivir a las miles y miles de balas que lo convertirían en pulpa.

—¡Altoooo! —vociferó un hombre desde el nivel superior del hangar, de pie en una pasarela metálica que nacía de unas estancias acristaladas, a cuarenta metros de altura.

Falcon desenvainó su rifle de francotirador y fijó la mira sobre el cuerpo de aquel hombre trajeado que le resultaba vagamente familiar.

—Alto el fuego —continuó gritando desde las alturas—, la integridad estructural de White Angel ha sido dañada. Corremos peligro si continúan disparando, malditos imprudentes de pacotilla.

El hombre, entonces, pareció enmudecer cuando atisbó el cuerpo zombificado de Livy. Se percató entonces de que el Elemento Rojo estaba obrando su magia en aquella terrorista. Y que si Livy ya era una persona incontrolable en circunstancias normales, no quería ni imaginarse lo que sería tratar con su versión zombi. Frankenstein era todavía un arma biológica experimental que no había sido probada en humanos, pero los ratones y chimpancés que habían sido infiltrados con ella mostraban de repente un comportamiento violento y errático. Como si estuvieran vivos y muertos a la vez y con una profunda necesidad de saciar su sed de sangre.

—Identifíquese o abriremos fuego —ordenó Falcon situando el punto de mira en la cabeza de aquel hombre. Al distinguir sus entradas en el pelo y fijarse más detenidamente en las facciones de su cara, le reconoció enseguida.

—Soy Nathan Oldenmeyer. —Su voz dejó de ser agresiva

y altiva para volverse temerosa y trémula—: ¡Mátenla, por Dios! ¡Maten a ese engendro! Tiene el Elemento Rojo. Es incontrolable. ¡Abran fuego!

—¿Disparamos o no? —preguntó Apon Drake, con el dedo sobre el gatillo.

Al otro lado de las cámaras, Grefg no pudo evitar soltar un par de palabrotas dirigidas a Nathan Oldenmeyer. Además de ser un traidor y de haber puesto en peligro la vida de aquellos reclutas y de todo el personal de White Angel, ahora estaba interpretando un papel de Oscar. Ahora que Livy ya no le era útil y resultaba incontrolable, ahora que podría revelar su traición, interpretaba el perfecto papel de víctima indefensa. Lo que no sabía Oldenmeyer es que los reclutas, Grefg, el resto de los gamers, y probablemente ya todo el Alto Mando, sabían lo que había hecho. Y que iba a pagar por ello y se iba a pasar muchos muchos años entre rejas.

—¡Disparen! —ladró Nathan Oldenmeyer perdiendo la compostura de nuevo. Señalaba horrorizado a lo lejos—. ¡Disparen, disparen...!

Los reclutas se volvieron y descubrieron la razón del tono de voz de Nathan: Livy se había convertido en una criatura descontrolada que corría a gran velocidad hacia el otro extremo del hangar.

Falcon cambió de objetivo y apuntó con su rifle el cuerpo de Livy, que se alejaba corriendo. Oldenmeyer era culpable, pero sería enjuiciado en un tribunal. Livy, por el contrario, se había convertido en un monstruo. En un monstruo mucho peor del que ya era. Y no podían permitir que continuara adelante. Justo antes de apretar el gatillo, sin embargo, Livy dio un salto, subió por la estructura metálica de un enorme vehículo de guerra que quedaba oculto tras una montaña de cajas de suministro, y desapareció en su interior a través de una portezuela.

Las vigas y palés de suministros apenas dejaban distinguir la forma y las dimensiones del vehículo que quedaba detrás, pero este empezó a ronronear y a moverse lateralmente. Livy había tomado el mando. Y una ráfaga infernal de ametralladora brotó de uno de sus laterales, acribillando las pasarelas superiores y parte de las estancias acristaladas del nivel superior del hangar. En vez de atacar a los reclutas que le habían quitado la vida, convirtiéndola en un muerto viviente, Livy estaba dispuesta a volar por los aires a Nathan Oldenmeyer.

Falcon supuso que Livy se sentía traicionada por Oldenmeyer, que fingía ser inocente en aquel robo perfectamente orquestado por ambos. Y creyó que era justo que vaciara su ira de ese modo, aunque no fuera la forma correcta de hacer justicia. Oldenmeyer sobrevivió por muy poco a aquella ráfaga de ametralladora, y ahora se removía entre los cristales, aturdido.

Los cinco reclutas novatos, como futuros soldados de los Navy Seals, no podían permitir que abrieran fuego de nuevo sobre él. Ellos no podían estar de acuerdo con esa clase de justicia. El karma y un tribunal militar ya se encargarían de él.

—¡A por ella con todo!

—Y no crucéis los rayos —advirtió irónicamente Byte haciendo referencia al consejo del doctor Egon Spengler en la mítica escena de ataque combinado con cañones de plasma de la película *Los Cazafantasmas*.

John Falcon empezó a disparar su rifle acelerado magnéticamente. Apon Drake apretó el gatillo de su Vulcano. Byte disparó una M-16 que le había quitado a un terrorista abatido. Karen Chow vació un nuevo cargador de su Eagle. Las cajas de suministros volaron por los aires, dejando a la vista cada vez más fragmentos del vehículo que había tomado Livy.

Era un tanque ruso blindado llamado GoLIAT. En aquel enorme vehículo del tamaño de una casa de tres plantas habían llegado todos los efectivos del comando terrorista de ELECTRA, así que el tanque podía convertirse también en un transporte aéreo. Durante la incursión, el tanque había permanecido en las inmediaciones de White Angel para no llamar la atención del personal. Sin embargo, a aquellas alturas alguien parecía que le había facilitado el acceso hasta el hangar principal, preparado para recibir la carga de Frankenstein.

Pintado con colores de camuflaje, cuando sus poderosos motores de treinta mil caballos rugían como un animal mitológico, el enorme cuerpo de setecientas toneladas del Go-LIAT semejaba el de un dinosaurio más que el de un vehículo blindado. En un lateral llevaba un lanzamisiles tierra-aire Stinger que ya estaba preparándose para disparar. Las ametralladoras del calibre 50 arrojaron una lengua de brillantes llamaradas hacia ellos. Miles de balas impactaron contra el suelo y las paredes.

El GoLIAT viró en un amplio círculo alrededor del hangar. Desde la primera planta del edificio interno, Nathan Oldenmeyer observaba el caos que se había desatado en White Angel. Desde esa perspectiva, el aspecto achaparrado del GoLIAT recordaba a un escarabajo gigantesco de metal. Pero su enorme potencia de fuego lo convertía en una especie de sistema antiaéreo de gran eficacia y movilidad.

El GoLIAT abrió fuego con su cañón principal y, con el impacto de la explosión, una pared entera de White Angel se desintegró en un amasijo de polvo. Miles de fragmentos letales cayeron como gotas de lluvia cerca de los reclutas, que se alejaron corriendo de allí todo cuanto pudieron. Pero el GoLIAT no les daba tregua, y sus ametralladoras cargadas con munición trazadora escupieron miles de balas que impactaron en una hilera mortal tras ellos, pisándoles los talones. La munición trazadora lleva una pequeña carga pirotécnica en su base, que se enciende al ser disparada, ardiendo intensamente y haciendo el proyectil visible para el ojo humano, lo que permite seguir la trayectoria de la bala y realizar pequeñas correcciones para mejorar el blanco.

Debido a ello las ráfagas de ametralladora del GoLIAT parecían perseguirles por tierra como si fueran insectos mortales, levantando pellizcos de nieve y tierra negra.

Los cinco reclutas ocuparon posiciones tras algunas cajas de suministros volcadas. La torreta del GoLIAT giró sobre su propio eje, buscando nuevos blancos que derribar, mientras sus ruedas giraban a toda velocidad y toda la estructura viraba por el hangar, encaminándose hacia la salida. Un nuevo cañonazo, y en la puerta principal apareció un agujero del tamaño suficiente como para que todo el GoLIAT cupiera por él.

Los cinco reclutas levantaron sus armas de nuevo y dispararon todo lo que tenían contra aquella bestia de metal indestructible, mientras esta empezaba a desaparecer tras el agujero de la puerta. La ventisca del exterior coló millones de copos de nieve que revolotearon por todo el hangar.

Nathan Oldenmeyer no iba a permitir que aquella sociópata rusa destruyera sus instalaciones, así que tomó asiento en una de las consolas de la sala de mando y comenzó a aporrear el teclado, dando órdenes a sus unidades y otros sistemas de defensa. Al poco, un destacamento de diez soldados de seguridad de White Angel apareció en el hangar. Estaban fuertemente equipados con subfusiles automáticos P-90 y varios PG-7VL con ojiva HEAT estándar para emplearlos contra la mayoría de los vehículos blindados y fortificaciones. Abrieron fuego contra el GoLIAT, que estaba cada vez más lejos en aquel campo de nieve dura y compacta.

A pesar de todos los impactos que recibía el GoLIAT, este no parecía sufrir ningún daño. Su blindaje estaba sobradamente preparado para soportar impactos de poco calibre como aquellos.

Pero Nathan Oldenmeyer tenía más sorpresas bajo la manga. Una estructura tubular del sector nordeste de White Angel abrió sus compuertas y, tras una nube de gas, surgió a toda velocidad un cohete en cuyas entrañas había suficiente plasma explosivo como para alcanzar un megatón de potencia. Aquella explosión casi nuclear, sin embargo, quedaría encapsulada en un campo de tracción que suprimiría al máximo la onda expansiva y los efectos de la radiación.

El cohete ascendió dejando tras de sí una estela de gas blanco, ejecutó una elegante curva a un kilómetro de altura, y empezó a descender a gran velocidad hacia el GoLIAT, que en esos instantes se hallaba a medio kilómetro del hangar de White Angel. El morro abombado del cohete se dirigía directamente hacia la torreta del GoLIAT, y la forma estrellada de sus aletas estabilizadoras garantizaba que la trayectoria fuera muy precisa.

El GoLIAT, no obstante, disparó un misil Stinger que interceptó el cohete, y ambos estallaron en el aire, originando una explosión cegadora, primero, y estruendosa, un segundo después. Una lluvia de fuego se precipitó sobre el GoLIAT, que de repente quedó cubierto totalmente por un infierno de llamas a miles de grados centígrados de temperatura.

Los alrededores de aquella pira gigantesca empezaron a fundirse, originando pequeños riachuelos de agua hirviendo y enormes oleadas de vapor. Las llamas, a pesar del ambiente gélido y el aire repleto de pequeños copos de nieve, no parecían menguar.

Pero, de repente, lo hicieron.

—¿Qué es eso? —preguntó AlphaSniper.

—Es un gas llamado inergén —aclaró Grefg, que ya había visto algo parecido en alguna pantalla—, se rocía a sí mismo gas por diferentes puntos del chasis, y apaga las llamas en un segundo.

Flap, flap, flap, flap, y las llamas se empequeñecieron y luego se extinguieron por completo. En el ambiente solo quedó suspendida una tenue nube. A través de ella, el GoLIAT mostraba un aspecto inmaculado: sin abolladuras, sin roturas, sin manchas. Aquel infierno de llamas había sido un simple suspiro para aquel blindaje.

El GoLIAT se quedó quieto unos instantes, como si evaluara su siguiente movimiento. Y, cinco segundos después, su torreta giró y disparó, ¡BANG!, provocando un ligero vaivén en su cuerpo de gran tonelaje. La explosión del proyectil lanzó por los aires a los cinco reclutas. Un cráter apareció delante de ellos justo después de que toneladas de rocas y nieve volaran por los aires. Karen estuvo a punto de perder el conocimiento, pero consiguió sobreponerse. Ricco, en cambio, parecía haberse desmayado por el impacto. Al menos sus ojos estaban cerrados. Por unos segundos, todos temieron por su vida. Pero había sido una falsa alarma. A pesar de estar aturdidos, todos ellos continuaban vivos.

La nieve y los escombros cubrían sus cuerpos. Y Nathan Oldenmeyer seguía estando en la sala de mandos tecleando sin descanso, reclamando la ayuda de su arma más potente. Lo único que podría hacer mella en el poderoso blindaje del GoLIAT.

26

EL TIEMPO SE ACABA

Habitación de Grefg.
Hora local: 06.33 a.m.

Grefg contemplaba la situación con una mezcla de horror e impotencia. Aquel tanque indestructible no daba tregua ni a los reclutas novatos ni a los soldados de seguridad de White Angel.

—Tenemos que hacer algo —mascullaba AlphaSniper a través de su micrófono.

Pero Grefg ya llevaba un rato fijándose en algo a través de la cámara de SuperWASP. Aquel dron había estimado, gracias a su inteligencia artificial, que el lugar más seguro a fin de sobrevivir en aquella contienda titánica era la sala de mando de White Angel, justo donde estaba Oldenmeyer manipulando su ordenador.

Así pues, ya hacía rato que SuperWASP se había colado en

aquella sala acristalada y que se había posado en el techo, boca abajo. Desde allí, su cámara ofrecía una panorámica de toda la sala, mostrando los estragos del ataque del GoLIAT: las paredes reforzadas estaban cosidas a balas, las ventanas inclinadas desde las que se divisaba todo el hangar estaban resquebrajadas o hechas añicos, y varias consolas tenían los monitores apagados por falta de suministro eléctrico. Pero lo más importante era el plano detalle de la pantalla de ordenador donde tecleaba furiosamente Nathan Oldenmeyer.

Como SuperWASP estaba boca abajo, Grefg ladeó su cabeza un poco para tratar de leer lo que Oldenmeyer escribía en un cuadro de mandos. Como en esa posición no estaba cómodo, desplazó aquel vídeo a su monitor derecho y, a continuación, volteó el monitor y lo puso boca abajo, apoyándolo precariamente en la pared.

Fue tomando notas en el Wordpad de algunos de los códigos que Oldenmeyer estaba escribiendo.

—Alpha... —dijo Grefg—, tú sabías cómo entrar en la Deep Web, ¿verdad?

—¿Cómo? —preguntó AlphaSniper a través de su auricular—. ¿Para qué?

—No hay tiempo. ¿Sabes o no sabes hacerlo?

—Sé hacerlo.

—Pues haz exactamente lo que te diga, y hazlo lo más rápidamente posible —sentenció Grefg mientras leía la descripción del Thunder One.

#27

THUNDER ONE

Espacio exterior.

Sin hora local.

Alrededor de la Tierra, en una órbita baja de cuatrocientos kilómetros de altura, se desplazaba a toda velocidad Thunder One, un satélite de defensa diseñado por la NASA y construido en las instalaciones White Angel. Había llegado hasta el espacio gracias a un envío del transbordador de SpaceX, la empresa del célebre inventor de PayPal, Tesla Motors e Hyperloop: Elon Musk.

Thunder One, pues, era un arma orbital que había nacido gracias a la colaboración de algunas de las empresas más punteras en el desarrollo tecnológico. Thunder One era un milagro. Quienes conocían su existencia lo habían bautizado como el Dedo de Dios. Porque Thunder One, desde el espacio, era capaz de disparar un láser coherente de pulso largo capacitado para destruir blancos en la superficie terrestre. Su energía la obtenía a través de unas eficientes placas solares que capturaban la radiación solar. Así pues, podía decirse que Thunder One disparaba rayos de sol superconcentrados. Como si fuera la enorme lupa de un niño tratando de calcinar las hormigas de la Tierra.

Mediante sus diminutos propulsores de gas comprimido, Thunder One se había situado en el cuadrante 14, justo encima del emplazamiento de las instalaciones White Angel. Su láser estaba apuntando justamente la zona norte del edificio. Un disparo de esa envergadura podría hacer volar por los aires gran parte del complejo.

La mira digital del láser se sacudía de un lado a otro, apuntando alternativamente a White Angel y a una zona indeterminada de la planicie por la que rodaba en ese momento el GoLIAT. Sus movimientos erráticos eran producto de un manejo ineficiente.

28

SIN PULSO

White Angel, sala de mando.
Hora local: 11.45 a.m.

Nathan Oldenmeyer había introducido los códigos de seguridad y control total de Thunder One, a pesar de que su uso precisaba de diversos permisos gubernamentales. La única forma de derribar a Livy era con ese pulso de láser de alta frecuencia. Si no hacía algo pronto, todo lo que había construido los últimos veinte años acabaría desapareciendo de la faz de la Tierra.

Cuando consiguió hacerse con el mando de Thunder One, sin embargo, su cara se crispó de dolor y una rodilla se le dobló, incapaz de sostenerle erguido. Se palpó el costado y contempló su mano llena de sangre. Una de las balas disparadas por el GoLIAT le había alcanzado en el bazo y en un pulmón. El dolor no le permitía mantener la mano fija, y la falta de aire le estaba asfixiando. El desmayo era inminente... pero antes tenía que disparar.

Con la mano izquierda tenía empuñado un joystick, y con la derecha apretaba distintas teclas del teclado numérico. El problema estaba en que no era capaz de mantener el joystick fijo. Cuando conseguía centrar el tiro, GoLIAT se movía a un lado. Cuando Oldenmeyer empujaba lateralmente el joystick, se pasaba de largo y la mira apuntaba a White Angel. Volvía a corregir, pero se pasaba de largo, apuntando a los bosques de abetos nevados. Oldenmeyer no tenía pulso para disparar con la suficiente precisión.

Estas dificultades las estaba presenciando Grefg desde la cámara de la que estaba equipado SuperWASP, que permanecía posado en el techo gracias a sus patas antiadherentes, como si fuera una mosca enorme de metal. También el Alto Mando estaba al corriente de todo lo que estaba ocurriendo allí, pero los refuerzos aún tardarían un poco más en llegar. White Angel no solo se encontraba en territorio ruso, sino que su localización exacta estaba lejos de cualquier sitio, en lo más profundo del país.

Pero se les acababa el tiempo. SuperWASP, además, estaba en modo de ahorro de energía: todos los embates de aquella batalla le habían dejado el sistema al límite.

En el exterior, GoLIAT continuaba disparando sus cañones y ametralladoras. Los reclutas le devolvían el fuego cuando podían parapetarse tras alguna roca. Los soldados de White

Angel estaban apostados en una de las salidas auxiliares del complejo, que quedaba protegida por una elevación del terreno, y desde allí usaban RPG y lanzacohetes. Cada disparo dejaba tras de sí un reguero de humo blanco en espiral, y el GoLIAT, como si se anticipase a cualquier ataque, hacía rodar sus enormes ruedas y esquivaba limpiamente el proyectil, que explotaba cientos de metros más allá levantando nubes de tierra y nieve.

29

DEEP WEB

Internet.
Sin hora local.

Google no capta más que el 16 por ciento de la red superficial y queda al margen de toda la Deep Web. Es decir, cuando efectúas una búsqueda en Google, solo ves el 0,03 por ciento de internet, lo que supone que solo ves una de cada tres mil páginas de la información que existe realmente en el mundo. Toda esa información está oculta en la llamada Deep Web o internet profunda.

Para acceder a esta internet clandestina debe usarse un navegador Tor, y estar dispuesto a relacionarse con los más bajos fondos del mundo del crimen. Y es que en la Deep Web es relativamente sencillo comprar servicios delictivos a través de plataformas dedicadas exclusivamente a ello, como es el caso de Silky Road. En estas plataformas criminales se puede contratar a un sicario o adquirir un fusil de asalto del ejército, o incluso un tanque. Es posible comprar sustancias ilícitas y cualquier tipo de droga o veneno mortal.

En la Deep Web también es relativamente fácil contactar con un hacker.

AlphaSniper había accedido en un par de ocasiones a la Deep Web movido por la simple curiosidad. Era cierto que allí estaba lo más oscuro y peligroso del mundo de internet, aunque la mayor parte de las cosas eran bromas o engaños a los que podía acceder un aficionado. Con todo, AlphaSniper había hablado en una ocasión con un hacker que ofrecía servicios de espionaje industrial. Aquel hombre, un exanalista de la CIA que había vendido información al gobierno chino, por alguna razón había congeniado con AlphaSniper. Aquel hombre, que prefería que le llamaran Capitán Bob, era un gran aficionado a los videojuegos FPS, y sorprendentemente conocía las partidas que AlphaSniper había colgado en YouTube. Le dijo, entonces, que si algún día necesitaba cualquier cosa, solo tenía que decírselo.

Y ese momento había llegado. AlphaSniper escribió:

«Siento molestarte, pero esto tiene prioridad total. Vidas humanas en juego. Necesitamos acceder al ordenador del complejo de desarrollo de armas White Angel.

»Te paso las capturas de vídeo para que veas lo que queremos y cuáles son los códigos de acceso de seguridad».

A los pocos segundos, Capitán Bob respondió:

«¿Estás de broma...?».

AlphaSniper sintió que quizá había otorgado demasiado poder a aquel hacker. Una cosa era entrar en una empresa de telecomunicaciones para robar los correos electrónicos de determinado trabajador, y otra muy distinta colarse por la puerta trasera de un superordenador diseñado en una de las instalaciones más modernas y seguras del planeta...

«¿Estás de broma...? Por supuesto que no me molestas. Dalo por hecho. Espera unos segundos.»

AlphaSniper soltó el aire que tenía retenido en los pulmones.

30

JUEGOS DE GUERRA

Habitación de Grefg.
Hora local: 06.56 a.m.

A través del monitor derecho, Grefg contemplaba cómo Go-
LIAT continuaba disparando a diestro y siniestro, esquivando
cohetes y haciendo rebotar todos los proyectiles de pequeño
calibre que impactaban contra su blindaje.

A través del monitor izquierdo, volteado, contemplaba
cómo Nathan Oldenmeyer hacía verdaderos esfuerzos para
no derrumbarse en el suelo, mientras la mira digital de Thunder One se movía erráticamente por la superficie de la Tierra.
Cualquier disparo podría alcanzar, incluso, ciudades habita-
das cercanas.

Pero Grefg había tomado el mando. Gracias a los códigos
proporcionados por el hacker con el que había contactado
AlphaSniper a través de la Deep Web, Grefg ahora estaba ma-

niobrando la mira digital del cañón del Thunder One. Oldenmeyer dio unos cuantos tirones secos al joystick cuando advirtió que había perdido el control, pero el dolor de los impactos de bala no le permitían hacer demasiados aspavientos para desalojar su frustración.

Grefg, sentado en la silla de su casa, tenía el control de un satélite privado situado a varios cientos de kilómetros de altura, en el espacio exterior. Por mucho que lo explicara a sus amigos, nadie podría creerse algo así. Se sentía un poco como el protagonista de aquella película de los ochenta, *Juegos de guerra*, que comunica con un ordenador de defensa del gobierno y por muy poco inicia una guerra termonuclear global.

Cuando fijó su mirada en la mira digital, soltó un discurso más para sí mismo que para quienes pudieran escucharle a través de Skype, un discurso épico que sonó muy parecido al que ya había pronunciado recientemente en su reto del *Theory of everything 2*, el mítico nivel del *Geometry Dash*. Mano izquierda sobre el teclado, mano derecha sobre el ratón, cascos ajustados en las orejas. Micrófono abajo:

—Ha llegado el gran momento. Todo lo que hemos pasado hasta ahora tan solo era una preparación. Hemos reído, hemos faileado, hemos sufrido, nos hemos desesperado... pero también nos hemos motivado hasta el infinito. Tan solo nos estábamos preparando para lo que nos espera hoy. Ha llegado la hora. ¡Vamos a por todas!

Inspirado por la música que empezó a atronar en sus cascos, Grefg se concentró, desplazó la mira digital sobre la extensión de terreno que rodeaba White Angel. Su punto de vista se parecía a los planos cenitales que ofrecían Google Maps o Google Earth, pero la resolución era mucho peor. De hecho, todo se veía en blanco y negro, y los negros se correspondían con masas de objetos grandes, como edificios, árboles... y el GoLIAT.

—Tíos —exclamó Torete en un momento dado—, ese tanque indestructible se mueve constantemente de un lado a otro, pero he captado un patrón.

—¿Qué? —le interrumpió AlphaSniper.

—Un patrón, chaval, que siempre hace lo mismo —le aclaró Grefg.

—Eso es —continuó Torete—. Yo estoy muy versado en lo de conducir y os digo que siempre hace lo mismo. He conseguido memorizar el movimiento. Seguramente la rusa está tan ocupada disparando las armas que ha puesto el piloto automático o algo así.

Y era cierto. Los movimientos del tanque eran automáticos, de izquierda a derecha, giro de veinte grados, izquierda, derecha, otros veinte grados, para nunca permanecer demasiado tiempo en el mismo sitio. Aquel movimiento evasivo, en realidad, solo era un movimiento predecible si eras capaz de fijarte en las redundancias. Grefg se anticipó a los tres o cuatro movimientos del GoLIAT, según indicaciones de Torete, situó la mira digital sobre el terreno y apretó el gatillo.

31

DISParO FINaL

White Angel, exterior del complejo.
Hora local: 12.02 a.m.

Las enormes ruedas del GoLIAT derraparon sobre el suelo, levantando montañas de nieve y tierra negra. Se desplazó hacia la derecha, evitando algunos proyectiles procedentes de White Angel. Devolvió el fuego. En su interior, Livy estaba aún mucho más sedienta de venganza. No sabía cuánto tiempo duraría el suero Frankenstein, pero sería lo suficiente como para agotar toda su munición contra White Angel.

Y, entonces, algunos fragmentos de piedras empezaron a levantarse del suelo y a quedarse suspendidas a unos diez centímetros, como si un mago hubiera lanzado un hechizo. El aire se volvió más denso, y cada vez más luminoso. En realidad, solo un círculo de treinta metros de diámetro, en cuyo centro se encontraba GoLIAT, acusaba estos efectos sobrenaturales. La luz creció en intensidad, y se propagó hacia arriba, originando un cono de luz blanca que ascendía hacia el cielo.

El GoLIAT empezó a estremecerse, luego adquirió un tono ligeramente anaranjado, y más tarde el brillo rojo de un rubí. El cono de luz se volvió más luminoso, como si fuera ese típico túnel resplandeciente que dicen que transporta el alma de los muertos hacia el Cielo. ¿Alguien estaba reclamando el alma de aquella muerta viviente en la que se había convertido Livy? No. Era otra cosa mucho más terrenal: Thunder One.

Y entonces todo estalló.

El círculo de treinta metros de diámetro se iluminó como una bombilla, y un latido de energía blanca como la leche se expandió de forma incontenible. La onda expansiva empujó la luz, y salió disparada hacia todas las direcciones una bola de luz incandescente, como si explotara una supernova en el espacio profundo.

Un segundo después, llegó el ruido ensordecedor de la explosión, y donde había estado el GoLIAT se levantaron varias toneladas de tierra y espeso vapor de agua, producto de la nieve derretida.

Lo último que vieron los cinco reclutas novatos desde la lejanía de White Angel fue un destello cegador aureolado similar a las chispas que produce un soldador industrial. Acto seguido, se alejaron todo lo deprisa que pudieron, de manera que toda la metralla de fragmentos de piedras y arena pasó por encima de ellos, cubriéndoles como un manto pesado.

Cuando la nube de polvo y vapor empezó a disiparse, reveló que lo único que había quedado del GoLIAT era un cráter al rojo vivo, como si allí se hubiera estrellado un meteorito como el que había provocado la extinción de los dinosaurios hacía 65 millones de años.

32

MIL VECES MEJOR QUE LA INSANITY

Habitación de Grefg.
Hora local: 07.04 a.m.

—Sííí —gritó AlphaSniper.

—Nooo... increíble —gritó Torete.

—Flipanteee —gritó Ampeta Metralleta.

Desde su habitación, Grefg no sabía si había dado en el blanco, porque justo después de apretar el gatillo, había hecho rotar su silla sobre su propio eje para quedar de espaldas a sus monitores gemelos. No quería ver el desastre causado.

Pero no había sido ningún desastre, a juzgar por los alaridos de alegría. Grefg no podía creérselo. Lo había conseguido. Se quedó un momento quieto con la cara inexpresiva, tratando de asimilarlo, y al girar de nuevo la silla sobre su propio eje para contemplar a través de sus monitores el éxito de su disparo, se sintió como aquella vez que también estaba de espaldas al monitor, para no ver el resultado de la abertura de su última caja de suministros en el *Advance Warfare*. Y, entonces, al girarse poco a poco, descubrió que el último suministro era la Insanity, una de las mejores armas del juego. En realidad, Grefg tenía que admitir que no se sentía igual que aquella vez, sino mil veces mejor.

Las cámaras de los reclutas estaban cegadas por la tierra y el polvo, pero enseguida fueron levantando las cabezas y mostrando el resultado del ataque del Thunder One. Todo se había convertido en un terreno árido de tierra revuelta. Ni siquiera había ya nieve. Continuaba nevando suavemente, pero un tímido rayo de sol había clareado el día y las temperaturas eran algo menos gélidas que de costumbre.

Los cinco reclutas novatos estaban bien. Habían sobrevivido.

SuperWASP, desde la sala de control de White Angel, mostraba a través de su cámara el rostro compungido de Nathan Oldenmeyer. No solo reflejaba el sufrimiento causado por las heridas de bala, sino también la certeza de saber que se había metido en un buen aprieto: iba a tener que responder a muchas preguntas. Sus ojos, entonces, advirtieron de la presencia de SuperWASP. Frunció el ceño, sabiendo que aquello no era buena señal, y que lo iba a tener muy difícil para demostrar su inocencia.

—Todo ha acabado, señor Oldenmeyer —dijo SuperWASP con su vocecita metálica.

Y aquella escueta frase tenía cierto tono irónico que Oldenmeyer no supo interpretar. ¿La amenaza había acabado? ¿O había acabado todo para Nathan Oldenmeyer y White Angel? Quizá se refería a ambas cosas, y la inteligencia artificial de SuperWASP había preferido economizar palabras lanzando una única frase que englobara ambos mensajes.

Los pocos soldados de seguridad de White Angel que habían sobrevivido a aquel ataque terrorista abandonaban temerosos sus puestos, un tanto desorientados. Al poco, miraron al horizonte para distinguir el origen de aquel tableteo lejano.

El cielo se llenó entonces de varias unidades de Sikorsky CH-53E Super Stallion, unos helicópteros de transporte pesado conocidos por su robustez y resistencia. Gracias a su rampa trasera podían transportar vehículos pequeños o hasta cincuenta y cinco hombres totalmente equipados.

El primero de los helicópteros aterrizó muy cerca de Chow, Falcon, Drake, Ricco y Byte. La rampa trasera se abrió con un zumbido eléctrico y empezaron a desfilar los primeros Navy Seals que habían ido a rescatarles... un poco tarde, pero al menos habían llegado. Y entre sus piernas se había colado un perro que trotaba a toda velocidad hacia su amo. Era Sting, que se lanzó al regazo de Ricco sin parar de ladrar de alegría.

—¿Cómo estás, pequeño? —le preguntó Ricco, lo cual sonaba un poco extraño teniendo en cuenta el tamaño del perro que, con su salto, casi le había derribado.

—¿Están todos bien? —preguntó un soldado a aquellos cinco reclutas magullados y cubiertos de tierra negra.

Los cinco novatos se miraron alternativamente, sonriendo.

—Estamos vivos —se limitó a responder Falcon, guiñándole un ojo a Chow y haciendo que esta se ruborizara—, y estamos juntos.

Apon Drake, como de costumbre, se limitó a guardar silencio.

Y Byte, usando su pupila, escribió en el teclado virtual un «GRACIAS» en mayúscula, para que todos los gamers, en particular Grefg, supieran que nunca hubieran llegado hasta allí sin ellos.

33

WTF... La casa Blanca

La Casa Blanca, Washington.
Hora local: 09.44 p.m.

Un par de semanas más tarde tuvo lugar una discreta ceremonia en una sala de reuniones subterránea de la Casa Blanca. Tanto Grefg como sus colegas de canal de YouTube les dijeron a sus padres que aquel viaje a Estados Unidos era una invitación de una compañía de videojuegos para que probaran una demo del último *Call of Duty*.

Nadie podía imaginar que, en realidad, la invitación estaba firmada por el mismísimo presidente de Estados Unidos. Habían llegado hasta allí en un vuelo privado y, finalmente, en una limusina presidencial flanqueada por cuatro Humvee del Cuerpo de Marines y cuatro escoltas en moto.

Además de ellos, habían sido invitadas otras cinco personas: John Falcon (con el brazo en cabestrillo), Karen Chow (con un tobillo fracturado y muletas), Joseph «Byte» Bishop (con una venda en la cabeza), Diego Ricco (con todo el hombro derecho vendado) y Apon Drake (el único que ya había curado todas sus heridas). Y, por supuesto, estaba Sting, el perro de Ricco, al que le habían puesto un cuenco plateado lleno a rebosar de deliciosa comida.

También estaban por allí otros mandos de los Navy Seals, como la sargento de artillería Gena T. Malone, o David Fairfax, de la Agencia de Inteligencia del Departamento de Defensa.

El resto de los presentes eran unos camareros perfectamente trajeados. En realidad, todo el mundo vestía con traje, incluso Grefg, Alpha, Torete y Ampeta Metralleta. Era la primera vez que acudían a una fiesta como esa y la primera vez que se ponían traje. Y la primera vez que se codeaban con gente tan importante, también trajeada. Y, naturalmente, era la primera vez que visitaban la Casa Blanca.

—Si no ligamos así, ya me dirás cómo —comentó Ampeta Metralleta colocándose bien la pajarita.

—Sigue torcida —le informó Grefg, que le ayudó a colocarla en su sitio.

—La putada es que nada de todo esto puede salir de aquí —intervino Torete, que no dejaba de cazar al vuelo todos los canapés que los camareros les ofrecían en bandejas plateadas.

—Yo ahora lo estaría grabando todo, y mañana tendría cien millones de visitas en el vídeo, fijo —dijo Grefg cada vez más lentamente, pues su atención se había fijado en Alpha-Sniper, que estaba charlando muy sonriente y acaramelado con una chica.

—Míralo, el *latin lover* —dijo Ampeta Metralleta cuando se dio cuenta.

—Chist —le siseó Grefg—. ¿No te has dado cuenta de que es la hija del presidente?

—¿De Obama?

—Calla, calla, que viene por ahí, prepárate para saludar. Y ponte recta la pajarita, que se te ha vuelto a torcer.

El presidente otorgó a Falcon y a su equipo de reclutas la Medalla al Honor por actos de valentía en combate con riesgo de sus propias vidas. Una condecoración que también recibió Grefg y su equipo de gamers.

Era una condecoración de la que, sin embargo, no podrían hablar a nadie. Aquella operación había bordeado la legalidad. Los altos mandos continuaban considerando una completa locura el permitir la intervención civil en un operativo militar. No obstante, estaban dispuestos a hacer una excepción si los medios no metían sus narices en aquella decisión.

Todos se mostraron conformes.

Grefg, AlphaSniper y el resto no podrían decir que jamás tenían aquella condecoración. Ni que colaborarían estrechamente con la academia de adiestramiento para formar un nuevo sistema de colaboración 2.0 entre soldado y experto en videojuegos de guerra.

Grefg estuvo de acuerdo con todo eso, por supuesto. Pero, a cambio, quería una cosa. Solo una.

Una fotografía con el presidente de Estados Unidos. El presidente accedió, y Grefg apareció a su lado sonriendo abiertamente y ejecutando su saludo marcial característico. Detrás de ellos, posaban de distintas formas graciosas los reclutas novatos, haciendo un poco el mono. Sobre ellos, SuperWASP sobrevolaba la escena, con su fuselaje totalmente renovado y reluciente.

Era una fotografía que, naturalmente, Grefg tampoco enseñaría jamás a nadie, y que mucho menos colgaría en sus redes sociales. Pero no importaba. Grefg guardó a buen recaudo esa imagen, en el interior de una caja donde depositó también la condecoración. La caja permanecería siempre bajo su cama y solo se permitiría abrirla alguna noche, acaso para recordar toda aquella aventura.

Quizá algún día, quién sabe, pudiera enseñar todo aquel material a través de su canal de YouTube. Y la condecoración. Y la foto con el presidente. Grefg estaba seguro de que si algún día publicaba ese vídeo, se convertiría en el más visto de la historia.

—¿Vamos al hotel a celebrarlo como se merece? —preguntó AlphaSniper cogido del cuello de la hija de Obama, sin saber que realmente se trataba de la hija del hombre más poderoso del mundo.

Grefg se sonrió, pero todavía no quería decirle nada a

AlphaSniper. El susto sería mayor cuando se enterara de que aquella chica iba a ir con, al menos, tres o cuatro fornidos guardaespaldas. De hecho, por ahí venía Obama con cara de pocos amigos. En cinco segundos, AlphaSniper iba a ponerse muy colorado.

Bonus Track

Grefg no debe morir

Espacio aéreo de España.
Hora local: 04.14 a.m.

Aquel Boeing 707 sobrevolaba Europa a una altura de diez mil metros con un gran domo en la parte trasera porque era un AWACS, un sistema de alerta temprana y control aerotransportado. Esta clase de aviones están destinados a llevar a cabo tareas de vigilancia, funciones de mando y control, y dirección de batallas.

En aquel momento solo realizaba un vuelo regular, custodiado por dos bombarderos B-2 cubiertos de pintura absorbente de radar. Sin embargo, nadie se había percatado de que en la parte trasera del AWACS se había adherido un dron experimental.

Debido al éxito en la misión de rescate llevada a cabo en White Angel, los desarrolladores de SuperWASP habían tomado la decisión de ampliar su memoria, sus funciones cognitivas y de procesamiento, así como la duración de su batería y la resistencia del fuselaje. También le habían equipado con un sensor y controlador multidispositivo a distancia. Ahora SuperWASP estaba dotado de una mayor inteligencia, podía volar más alto y era más resistente a los impactos de bala.

Pero lo importante en aquella misión estribaba en que era más inteligente. Solo así se podía explicar el hecho de que el dron hubiera tomado la decisión, por sí solo, de usar sus pequeñas patas adherentes para fijarse en la cola de aquel AWACS. Tras consultar las bases de datos oportunas, SuperWASP había averiguado que el AWACS cruzaría el Atlántico durante los días oportunos, y que sobrevolaría el territorio español justo la noche en que necesitaba llegar a casa de Grefg.

—Grefg no debe morir —dijo SuperWASP con su diminuta voz metálica, como si hablara consigo mismo. Nadie pudo oír su voz, porque los tripulantes del AWACS permanecían en su confortable interior, a salvo de las enormes corrientes de aire que se generaban cuando surcas el cielo a setecientos kilómetros por hora.

SuperWASP aprovechó una de esas corrientes favorables, ligeramente cálida, para soltarse de la cola del AWACS y descender en caída libre hacia el tupido paisaje de nubes que ocultaba la península Ibérica. La noche era cerrada a aquellas horas de la madrugada, pero el resplandor de la Luna, parcialmente eclipsado por las nubes, iluminó el fuselaje de

SuperWASP. Su calavera pirata serigrafiada resplandeció, recordando a la llamada de Batman cuando aparecía luminoso en los cielos de Gotham.

En pocos minutos, SuperWASP atravesó las nubes y, frente a él, aparecieron las primeras luces titilantes que revelaban las regiones donde había poblaciones o carreteras iluminadas. Hasta ese momento, SuperWASP no había encendido aún sus rotores, pero era el momento de hacerlo para corregir el rumbo. Los rotores giraron al 30 por ciento, elevó ligeramente el morro y enfiló la caída hacia el sector en el que las bases de datos revelaban la localización exacta de la vivienda de Grefg.

Como SuperWASP era ahora más inteligente, también había cobrado conciencia de lo importante que era YouTube para mostrar al mundo lo que eras, cómo pensabas o las cosas que pretendías cambiar, combatir o apoyar. En su caso, su misión era salvar la vida de Grefg, y quería que el mundo lo supiera. De modo que activó su cámara de 360° y empezó a emitir en Live un vídeo de aquella operación.

Nadie sabía lo que estaba haciendo. Había que actuar rápido, ya que la burocracia se había revelado como demasiado lenta para evitar lo que al cabo de pocos minutos estaba a punto de suceder. Podría haber solicitado ayuda a Byte, o incluso a Falcon, pero si la misión fallaba no quería involucrarles en las probables consecuencias. Él, al fin y al cabo, solo era un dron. Lo máximo que le podían hacer era desmontarlo. Pero sus amigos eran humanos y podrían acabar bastantes meses encerrados en un calabozo.

SuperWASP activó sus rotores a máxima potencia cuando se encontró a trescientos metros de altura, y progresivamente fue descendiendo mientras avanzaba a toda velocidad, hasta surcar las copas de los árboles más altos. Se hallaba a solo cinco kilómetros del domicilio de Grefg. Esperaba llegar a tiempo.

Lo que SuperWASP había descubierto, tras internarse en el sistema de vídeo cerrado de White Angel, era que un grupo de terroristas había huido cuando las cosas se habían puesto feas. Aquel grupo de apenas cinco individuos, quizá los más fieles a Livy Akhmetzyanova, la líder del comando ruso ELECTRA, había optado por perderse por los bosques de Oymyakon.

SuperWASP también supuso que era la mejor opción: Livy estaba a punto de saltar por los aires en el interior del GoLIAT. Grefg estaba a punto de disparar el láser orbital Thunder One. Faltaban pocos minutos para que llegaran los refuerzos y retuvieran a los escasos efectivos que quedaban vivos del comando ELECTRA. Sí, sin duda la mejor opción era escapar por los bosques, conseguir un vehículo en la ciudad y escapar lo más lejos posible de White Angel.

Pero SuperWASP había supuesto además que aquellos supervivientes eran fieles a Livy porque, pocos días después, mientras estaban celebrando el encuentro secreto con el presidente de Estados Unidos y Grefg recibía su condecoración de honor, algo raro había pasado.

SuperWASP ahora era capaz de realizar lo que se llama minería de datos: se conectaba a bases de datos a través de internet y buscaba patrones en la jungla de bits. Y uno de los patrones, asociados a ELECTRA, sin duda eran unos pasaportes falsos localizados en el aeropuerto de Moscú, una identificación coincidente en el aeropuerto de Madrid y un largo etcétera de señales que sugerían una posible venganza.

Podría haber alertado al Alto Mando, pero este ni siquiera había advertido aquellos patrones. Estaban demasiado ocupados tratando de salvar al mundo antes de anticiparse al posible asesinato de un youtuber, y el tiempo apremiaba para que se enzarzaran en posibles disquisiciones tácticas.

Sin embargo, para SuperWASP, Grefg no era un youtuber más, sino la persona que les había rescatado de White Angel. El dron era más inteligente, y por tanto también entendía mejor lo que significaba ser generoso, proteger a los más débiles y, sobre todo, descodificar esa vaga sensación que se resume en un «te debo una, compañero».

SuperWASP le debía una a Grefg. Por ello estaba ahora mismo alcanzando el tejado de la casa donde residía y donde, probablemente, ya estaría durmiendo. Los terroristas que habían escapado también habían realizado sus propias pesquisas para averiguar dónde vivía aquel youtuber. Pretendían llevar a cabo la última amenaza que había pronunciado

Livy antes de morir: iban a ir casa por casa de cada uno de los youtubers que se habían involucrado en la operación de White Angel, e iban a liquidarlos.

La noche era tan cerrada que nadie distinguió las cinco sombras que se deslizaban por la calle y rodeaban la puerta de entrada de aquel edificio. Antes de alcanzar la puerta, uno de ellos había usado su subfusil provisto de silenciador para hacer añicos las bombillas de algunas farolas de la calle. No todas habían sido cegadas, sino las que estratégicamente daban más luz a la puerta y las ventanas de aquel edificio.

Los cinco terroristas se movían con tanto sigilo que tampoco nadie oía nada. Incluso un vecino de una casa que se encontraba a cincuenta metros, que solía sacar a pasear a su perro a aquellas altas horas de la madrugada, había cruzado por delante de la casa de Grefg sin sospechar nada extraño. Lo único que le pareció sorprendente es que la mitad de las farolas de la calle se hubieran fundido.

Los cinco terroristas se dispersaron. Dos forzaban la cerradura de la puerta. Dos más rodeaban el edificio, vigilando la retaguardia. El quinto escalaba la fachada con la agilidad de un felino, hasta alcanzar el alféizar de la ventana del dormitorio de Grefg.

SuperWASP evaluó el flanco más vulnerable. Se soltó del tejado y voló lentamente hacia la parte trasera del edificio, donde dos soldados mantenían erguidos sus subfusiles, atentos a cualquier elemento extraño. Afortunadamente, a ninguno de los dos se les ocurrió mirar hacia arriba. ¿Cómo iban a imaginar que un dron militar estaría allí justo esa noche? Apenas habían transcurrido tres semanas desde la operación en White Angel. Su viaje a España se había producido hacía apenas seis horas. Muy pocas personas estaban al tanto de sus intenciones. Francamente, era improbable que nadie se hubiera anticipado a aquella incursión.

Improbable, pero no imposible. La inteligencia artificial que se estaba desarrollando en diversas compañías de computación diseminadas por todo el mundo duplicaba su potencia cada dieciocho meses. Por ejemplo, cuando Gary Kasparov, el campeón mundial de ajedrez, se enfrentó al ordenador *Deep Blue*, venció por muy poco. Todo el mundo creía que una máquina nunca ganaría a un ser humano en un juego tan complejo como el ajedrez.

IBM solo tuvo que esperar dieciocho meses para lograr que los microprocesadores multiplicaran por dos su potencia y su eficiencia, reduciendo también por dos sus costes. *Deep Blue* volvió a enfrentarse de nuevo a Kasparov, y este fue derrotado de forma evidente. Todo eso había pasado en 1996 y, desde entonces, absolutamente nadie había sido capaz de ganar al ajedrez a una inteligencia artificial.

Lo mismo sucedía en otros campos. Incluido el de estrategia militar. SuperWASP era ahora el doble de inteligente que cuando fue concebido. Sin embargo, también era importante otra mejora en su equipamiento: ya no disponía de cañones diminutos, sino de un láser.

SuperWASP tenía que abatir a ambos terroristas a la vez para que ninguno alertara al resto frente a la muerte de su compañero. Descendió unos metros, estableció el ángulo de tiro oportuno, y un limpio y silencioso disparo de láser rojo cruzó la noche, entró por el cuello de un terrorista y, a continuación, atravesó el cuello de un segundo. Ambos se derrumbaron llevándose las manos a la garganta, incapaces de emitir ningún sonido salvo un mínimo «aggh».

La compañía de defensa Lockheed Martin era la responsable de desarrollar aquella nueva arma láser llamada ATHENA (Advanced Test High Energy Asset), que utilizaba fibra óptica para generar un potente haz de luz amplificada capaz de atravesar materiales como el acero en cuestión de segundos. Eso suponía una potencia de más de ciento cincuenta kilovatios. La gran ventaja frente a otros láseres, sin embargo, era la capacidad de miniaturización del equipo. Ahora pesaba tan poco y necesitaba tan poca batería para funcionar hasta cinco minutos ininterrumpidamente, que hasta SuperWASP era capaz de transportarlo.

Otra de las grandes ventajas de un cañón láser frente a un arma convencional de proyectiles era su precisión quirúrgica, su velocidad de disparo y, sobre todo, su coste: apenas 59 céntimos de dólar en concepto de consumo eléctrico por cada segundo de disparo. Nada que ver con los cerca de

400.000 dólares que cuesta disparar un misil interceptor para abatir un blanco móvil.

SuperWASP viró y rodeó el edificio, en busca de los dos otros terroristas que forzaban la puerta de entrada. Al llegar se encontró la puerta abierta. Ya estaban dentro. De hecho, ya estaban ascendiendo por las escaleras. El blanco no era limpio y era una mala decisión internarse por el hueco de la escalera. De modo que se elevó unos metros y rodeó de nuevo el edificio para interceptar al terrorista que trataba de colarse por la ventana.

Ya no estaba, y la ventana estaba cerrada. ¿Habría advertido la caída de sus compañeros? ¿Estaría alertando al resto? ¿Estaba apostado en otro punto apuntándole con su subfusil? SuperWASP trató de usar toda su inteligencia artificial para escoger convenientemente el siguiente paso que debía dar. Su cámara de 360° no distinguía ningún movimiento extraño alrededor. Como si fuera una mosca, el dron danzaba hacia delante y hacia atrás, hacia un lado y hacia el contrario, para evitar ser un blanco fijo.

Y entonces vio una sombra que se arrojaba sobre él. Todo fue tan rápido que apenas pudo reaccionar, pero una fracción de segundo antes de abrir fuego, distinguió la figura de un gato. En la siguiente fracción de segundo, dedujo que aquel felino sería la mascota de Grefg o de algún vecino, que ellos se sentirían terriblemente tristes si lo volatilizaba con su láser. Así que no disparó y dejó que el gato aterrizara sobre él.

Las uñas del felino se aferraron con todas sus fuerzas a los salientes del fuselaje del dron, que, frente al peso añadido, empezó a bambolearse, perdiendo altitud. La cámara de 360º también había quedado cegada por el cuerpo peludo del animal, de modo que si alguien estaba viendo en directo aquel vídeo de YouTube tan solo contemplaría una imagen en negro y un ruido de fondo ensordecedor.

El pequeño dron tomó tierra a cierta velocidad, pero afortunadamente la tierra estaba mullida porque en realidad era el césped de un jardín que aún estaba mojado tras el riego nocturno. Riego nocturno... la inteligencia artificial de SuperWASP le dio algunas vueltas a ese dato mientras el cuerpo del gato continuaba sobre él, arañándole e impidiéndole retomar el vuelo. Los rotores aceleraban a toda velocidad, pero eso solo conseguía que el dron se ladeara y se arrastrara por el césped, con el bicho encima.

De vez en cuando, el gato saltaba y liberaba a SuperWASP, pero enseguida volvía a situarse encima y se aferraba a su estructura con sus uñas. Por alguna extraña razón, la había tomado con él: quizá, al igual que a Piolín le parecía haber visto a un lindo gatito, a aquel lindo gatito le parecía haber visto una paloma a la que debía abatir a toda costa.

SuperWASP puso entonces en marcha su controlador multidispositivo a distancia. Sintonizó con el sistema electrónico de regado automático de aquel jardín y accionó todos los aspersores simultáneamente.

En pocos segundos, parecía que había empezado a llover. SuperWASP sabía que una de las cosas que más odian los gatos es el agua, y como había previsto, aquel felino travieso crispó el espinazo en cuanto notó las primeras gotas de agua salpicándole el pelaje. Dio un salto, y desapareció corriendo por el jardín hasta cobijarse entre los arbustos, seguramente con su amor propio herido: había sido vencido por una simple paloma metálica.

SuperWASP recobró la estabilidad, ganó altura y aceleró a toda velocidad hacia la ventana del dormitorio de Grefg, temiéndose haber perdido demasiado tiempo tratando de desembarazarse de aquel lindo gatito sin tener que recurrir a la fuerza. Atisbó el interior del dormitorio. Localizó su cama. Y vio que un terrorista se aproximaba lentamente a ella. En su mano izquierda brillaba un machete.

El dron aceleró y rodeó treinta grados el edificio: si la ventana estaba cerrada, aquel terrorista no había entrado por allí, sino por otro punto. Quizá prefería acceder por otra estancia para evitar que el ruido despertara a su víctima. Tal y como había supuesto, la ventana norte, correspondiente al baño, estaba abierta. SuperWASP entró a toda velocidad, cruzó el baño, viendo por un segundo el reflejo de su fuselaje en el espejo que quedaba sobre la pila del lavabo.

Enfiló el pasillo y apareció en el dormitorio de Grefg justo cuando el filo del cuchillo descendía hacia la cama. Disparó un haz corto de láser y el cuchillo salió volando por los aires, hasta clavarse limpiamente en la pared. El terrorista volvió la cabeza, incrédulo, y reconoció enseguida a SuperWASP. Levantó su subfusil y apretó el gatillo.

Un puñado de balas fueron rociadas contra la pared, un mueble y la mesa donde reverberaba un ordenador. Las balas sibilantes pasaron alrededor de SuperWASP, pero ninguna dio en el blanco porque el pequeño dron no dejaba de desplazarse lateralmente para evitar el fuego. Justo antes de que los últimos proyectiles impactaran sobre el ordenador, haciéndolo añicos, el láser quirúrgico de SuperWASP derribó al terrorista, que se derrumbó como un saco de patatas.

Grefg se agitó en la cama, emitió un quejido y sencillamente se dio la vuelta para adoptar una postura más cómo-

da y seguir durmiendo. SuperWASP se dio cuenta entonces de que el siseo del silenciador del subfusil, así como los impactos de los proyectiles, habían quedado ahogados por los disparos, explosiones y voces de mando que sonaban en el ordenador.

Grefg se había dejado un vídeo de YouTube en marcha de una partida de *Call of Duty* y se había quedado dormido viéndola. Aquella guerra virtual había enmascarado la guerra real que se había desencadenado hacía un segundo en su propio dormitorio.

SuperWASP sobrevoló la cama de Grefg y, entre penumbras, su cámara registró cómo dormía profundamente con una sonrisa en los labios. Seguramente estaría soñando con la operación de rescate en White Angel, o con el momento justo en el que el presidente de Estados Unidos le condecoraba. O quizá con la fiesta que se había corrido aquella noche con Falcon, Byte, Drake, Chow y Ricco. O quizá soñando con Núria, con quien había estado grabando un vídeo la noche anterior. Sea como fuere, lo importante era que Grefg continuaba durmiendo plácidamente.

SuperWASP aceleró hacia la puerta y, accedió a la habitación donde Grefg grababa sus vídeos, se situó a la derecha del quicio de la siguiente puerta, justo cuando esta se abría. El cañón de un subfusil emergió por la rendija que se había originado al abrirse la puerta. Eran los otros dos terroristas. No tardarían en percatarse de que la mitad de

aquel dormitorio había quedado acribillado, y que el cuerpo de uno de sus compañeros estaba también durmiendo para siempre junto a la cama de Grefg.

SuperWASP disparó su láser contra el subfusil que, tras un fugaz chisporroteo, saltó por los aires. Su dueño retrocedió por inercia y cayó de espaldas, alertado. Su compañero, que se había hecho a un lado, amartilló su subfusil y se dispuso a disparar. Un segundo antes de que apretara el gatillo, no obstante, SuperWASP apareció frente a él y le abatió con otro disparo láser.

El terrorista que estaba en el suelo, el único que quedaba vivo de aquella escuadra, apretó los dientes de rabia al reconocer al dron que tantas dificultades les había acarreado en White Angel. Se incorporó de un salto, desenfundó el cuchillo y empezó a dar tajos al aire, tratando de alcanzarlo.

SuperWASP reculó sin dejar de volar y esquivó cada ataque acelerando sus respectivos rotores. Se adentró de nuevo en la habitación de Grefg, tomó distancia y disparó su láser. El terrorista rodó por el suelo, esquivándolo, y el láser impactó contra un baúl de madera que había en la pared del fondo. El baúl empezó a arder.

El terrorista se abalanzó de nuevo contra SuperWASP, propinándole mandobles con el cuchillo. El filo del arma silbaba por el aire, pero nunca daba en su objetivo. SuperWASP aceleró, volando por el perímetro de la habitación, y la abandonó por el baño, saliendo al exterior por la ventana abierta.

El terrorista, lejos de rendirse, se hizo con el subfusil de su compañero, lo amartilló y corrió hacia el baño. Asomó la cabeza para comprobar si estaba despejado. Y lo estaba. ¿SuperWASP había huido? ¿Aquel dron era un cobarde? ¿Un cerebro electrónico podía desarrollar un sentimiento tan humano como la cobardía?

Pero SuperWASP no había huido, sino que había volado alrededor de la casa, asomándose por otra ventana que le permitiría un blanco por la retaguardia. Disparó el láser, que atravesó limpiamente el vidrio de la ventana y acertó en la espalda del terrorista, que aún estaba dentro del baño tratando de esclarecer lo que había pasado. El disparo lo había matado de inmediato porque SuperWASP intentaba disparar siempre la mínima cantidad de energía en el punto más vulnerable del cuerpo. Se trataba de economizar.

Voló de nuevo hacia la ventana del baño y descubrió que el terrorista, al ser alcanzado, había trastabillado y había caído de bruces en el inodoro, que tenía la tapa abierta. La cabeza y medio tronco del terrorista estaban ahora en el interior del váter, como si se hubiera arrodillado para vomitar.

SuperWASP no le dio importancia a aquel hecho, y salió del baño para enfrentarse al pequeño fuego que había originado en el baúl. Todavía era una llama moderada, pero comenzaba a crecer quemando la madera del baúl, y también proyectaba una nube de humo que muy pronto empezaría a ser muy densa.

Desde allí, disparó una fracción de segundo contra el dispensador de agua para oficinas que Grefg había adquirido para tener siempre agua fresca en vasos de plástico. Grefg estaba muy contento con esa compra, así que probablemente se iba a llevar las manos a la cabeza cuando comprobara que SuperWASP había practicado un orificio en la garrafa y que su contenido, cinco litros de agua, se estaba diseminando por el suelo a través de un chorro generoso que se precipitaba en arco.

El charco de agua fue creciendo hasta que alcanzó el baúl de madera, y las llamas se extinguieron.

—Grefg no debe morir —anunció con su diminuta voz metálica, como dando por zanjada aquella misión de rescate. Detuvo la grabación de su cámara de 360º. Y abandonó la casa de Grefg por la ventana del baño, no sin antes usar su controlador multidispositivo a distancia para conectar con el teléfono móvil de Grefg y realizar una llamada de emergencia a la policía.

SuperWASP no tardó en abandonar la zona, acoplándose a un camión de transportes que se dirigía a París. Desde allí lograría adherirse a algún vuelo comercial hacia Nueva York. Y en pocas horas, regresaría a la base, satisfecho por haber hecho gala de una nueva y sofisticada iniciativa propia que poco tenía que envidiar a la humana.

O al menos eso creía SuperWASP. Cuando en el Alto Mando tuvieron conocimiento de su operación secreta no mostraron tanto entusiasmo y optimismo hacia ella. Tampoco les pareció muy adecuado haber avisado a las autoridades locales de la ciudad donde vivía Grefg. Y mucho menos que allí hubieran localizado a cinco terroristas rusos acribillados por un arma láser sin identificar.

Grefg, al despertar aquella mañana, tampoco dio crédito a lo que veían sus ojos: innumerables impactos de bala en las paredes, un puñal clavado cerca de su cama, cinco cadáveres (incluido uno metido en el inodoro), un baúl calcinado, su dispensador de agua agujereado como un colador y un gato callejero mojado muy, pero que muy enfurruñado.

Y como no entendía nada, decidió echar una partida al *Call of Duty* y, sorprendentemente, se sacó el Bombardeado. ¿Qué más se podía pedir?